KB079241

이게 행복이지 뭐

이게 Happy
행복이지
뭐

조재형 지음

행복은 어디서 가져오는 것이 아니라
스스로 마음에서 만들어내는 것이다

좋은땅

늘 짧음으로 아쉬움을 주었던 가을이
올해는 책 속에서 누군가를 만난다는 기다림에
일각이 여삼추같이 긴 가을이 되고 있네요
저는 작가도 아니고
시인도 아닙니다
그저 오랫동안 가슴에 머금고 있던 감성들을
조금씩 쪼개어 여기에 옮겨 보고 싶어
용기를 냈답니다
공감하시는 독자분들이 몇 분이라도 계신다면
같이 인생을 함께 사랑을
그리고 음악을 얘기할 수 있는 자리가
이곳이면 좋겠습니다
공감을 나누기에 시간이 부족하다면
언제든 다시 오겠습니다
남은 삶의 첫날인 오늘이
좋은 사람들의 인연의 장으로
가득 채워지기를 소망합니다
고맙습니다

차례

제1부

시

일탈(逸脱)

나는 오늘
나를 떠나려 한다
목적지도 구속된 시간도 없다
다만 자유만이 있을 뿐이다
지금이 아니면 떠날 틈이 없다
마음이 나를 떠나 텅 빈 지금 떠나야 한다

이제 아무도 나를 알아보지 못한다
마음이 비어 있기 때문이다
나 또한 아무도 보이지 않는다
세상만 보일 뿐이다
구름이 솜사탕 되어 나를 유혹하며 흘러가고
바람이 살랑살랑 꼬리 치며
뺨을 스치고 지나간다
길섶에 고개를 내민 코스모스도
슬쩍 건드려 보지만
마음이 떠나 텅 빈 가슴은
꽃들의 정겨운 장난조차도 받아 줄 수가 없다
그저 뼈대만 표정 없이 서 있을 뿐이다

이제…
떠나간 내가 그리워진다
마음도 다시 보고 싶다
마음이 있어야 할 자리가 이제 보인다
제자리를 찾는다
일탈도 제자리로 돌아간다
비로소
구름이 풍요롭고
바람은 상큼하고
코스모스도 정겨워 보인다

일탈의 기억은
희뿌연 안개 속을 더듬어 사라진다
마음이 다시 숨을 쉬기 시작한다
다시 가슴과 하나가 된다
나도 비로소 다시 돌아온다

그뿐이었다
일탈이 지나간 자리는…

우리가 사는 의미

영롱한 눈동자에 깊이 간직한 듯
결코 내보이지 않는 그 의미는
정녕 이제는 마음이 둘일 수 있음이어라

멀지 않은 그곳에서 번뇌를 탐하듯
화려하지 않은 길에 굳이 벗하려는 그 의미는
정녕 이제는 삶이 둘일 수 있음이어라

둘인 듯 하나의 시선이 머무는 곳에
너와 나의 약속 꼬옥 접으면
회한도 비켜 가리라 기쁨이니 왜 아니 좋으랴

감추어진 깊은 정 하루에 못다 함이
우리만의 아쉬움은 아니리요만
쌓아 온 못사랑은 어떤 사연에 함초롬히 꽃을 피움이랴

끝없는 속삭임이 가슴을 두드릴 때
너와 나는 하나 둘 셋…
만남의 첫 순간 그 환희의 축배를 영원히 간직하리라

가자

지금은 웃음, 어차피 삶은 시간과의 동반일진대

먼 훗날 행복이 옆에 있걸랑

가만히 두 손 모으고 우리, 지금을 돌아보잔다

붓끝에서

응시하는 눈동자에
앙다문 입술
옹골차게 움켜쥔 손가락 사이에
우뚝 선 당당한 붓끝이
하얀 대지를 사정없이 휘몰아 간다
살아 숨 쉬는 듯 검은 정기가
순식간에 천지를 삼킬 듯 도약하고
동양란 끝에서 흩어지는 나긋한 붓 줄기는
가녀린 여인의 허리만큼이나 부드럽다
땅끝을 박차고 솟구치는 수말의 기상이 우렁차더니
이내 작은 미소를 머금고 소담스레 피어 있는
안개꽃의 정적이 가슴을 잠들게 한다

하얀 세상을 붓끝이 갈라 치며
춤을 추기 시작하면
삼라만상이 저마다 숨을 토하며
생명을 용약하게 한다

붓끝은
바로 생명의 춤이다

우리는

끊임없는 열정으로
나를 끌어당기는
당신은 누구입니까

수없이 토해 내는 진실을
소리 없이 받아 마시는
나는 또 누구입니까

마주치는 눈동자에도
담아내지 못해 넘치는 이 사랑은
대체 무엇으로 감당하리까…

정녕
단 하나의 의미로 엮어진
하나의 삶이요
영원한 동반자이어라

우리는…

하루

하루가 잠들고 있다
참으로 고단했던 하루였나 보다
아침에 스산히 내리던 비는
하루를 촉촉하게 적서 놓고 돌아갔다
사람들의 시름만큼이나 어두운 구름들이
떼 지어 몰려다니며 햇빛을 내몰았던 하루

문득 생각나는 선율이 있어
여기저기 뒤져 클릭해 본다
'첫발자욱'의 낭랑한 기타 음이
오감을 타고 스며들면
진한 감성의 줄기가
세차게 가슴을 흔들고 지나간다

아…
이 맛에 하루를 곰삭힐 수 있나 보다
수많은 생각과 말들이 함께 뛰어다녔던
오늘 하루를 뒷전으로 밀어내며
내가 지금 어디쯤에 와 있는가를

곰곰 헤아려 보기도 하고
갈 길은 얼마인지도 가늠해 본다
이제 다시는 돌아올 수 없는 하루가
내일로 가는 길목에서 잠들고 있다
또 다른 첫발자욱을 꿈꾸며…

생(生)은 무한이어라

침묵의 연속
무거운 적막을 감히 깨뜨리는 소리
그것은 차라리 전쟁

오욕과 고통, 환희와 기대
행복과 불행의 갈등, 극복하려는 집념
교차되는 감정은 생의 증거

그것은 간발의 차(差)

차단되는 공간, 가슴 메이는 미련
그곳엔 어쩔 수 없이 남겨진 본능의 정(情)
부끄럼 없는 시선, 잡힐 듯한 우연

역시
생은 무한이어라
생은 또 무한이어라

언젠가는

나목(裸木)의 가지에 쓸쓸함이 배어 있다
고독이 가슴을 파고든다
어쩌지 못하는 차가운 현실 속에서
작아지는 자신의 모습이
그대로 드러나고 만다
벌거벗긴 나뭇가지의 처절함같이…

사랑의 색깔치곤 어둡기도 하다
그 동토(凍土)의 시릴 만큼 차가운 틈새에서
그래도 끝내 비집고 나올
새싹의 기운을 느낀다
아직은 땅속에 갇혀 있는
어두운 푸르름이지만
언젠가는 뚫고 오를 수 있다는 초연한 의지가
그 푸르름을 싱그런 빛으로 바꾸고 말리라
인동(忍冬)의 끈질긴 생명력을
어느 누가 막을 수 있으랴
정녕 진실한 사랑의 힘이여
세상에 널 이길 존재는 아무도 없구나

시간밖에는…

눈 내리는 밤

송이송이마다
찰랑대는 꽃망울을 달고
춤을 추듯 내려앉는 눈꽃 송이여

새털 같은 몸매에
현란한 자태를 뽐내며
순백으로 단장한
여인 같은 눈꽃 송이여

어둠을 살라 먹는 순수한 오만함이
천지를 하얗게 물들일 때
우리는 사랑을 노래한다네

그리움이여
기다림도 끝이 있다 하거늘
아직도 어디서 헤매고 있는 것이냐
이젠 들어와
기다림을 달래 줄 눈꽃 송이와
애틋한 해후를 하렴

세월 (하나)

함부로 말할 수 없어서
침묵 속에 가두어 둔
지난날들이
길고 짧음의 차이일 뿐 누구에게나 있다
긴 세월은 겸손하고
그렇지 않은 세월은 당차다
길고 짧음은 잘못이 없다
그 역시 세월이 만들어 놓은 시간들일 뿐
세월을 이길 그 무엇도 세상에는 없다
쉼 없는 시간의 연속이기 때문이다

세월은
삶이 지나가는 길이다

그래

세상살이가 다 그런 거지
삶의 색깔은 제각각이어도
모습은 다 그게 그거더라고
어제를 안다고 해도
내일은 모르는 거잖아
당연히 희망 쪼가리 하나도
놓아 버릴 수가 없는 거지
세상에서 가장 정답이 뭔지 알아
세상만사 생각하기 나름이라는 거야
떠나보내지 못할 슬픔이 없고
맞이하지 못할 기쁨이 없다고…

그래
삶은 그래서 살아보자인 거야
살아봐서 밑질 거 없잖아
살아보고 나서 다시 얘기하자고
삶이 어땠는지…

급할 거 하나도 없어
시간은 지금도 곁에 있잖아

밤에

찬바람 한 줄기가 가슴을 긋는다
진한 외로움이 상처 되어 남는다
꿈속으로 스며든다
님이 있어 어루만지는 손길에
상처도 눈물도 사랑이 된다

순식간에 사라진다
이렇게 허망한 이 밤을
바람이…
쓸고 간다

너와 나의 사랑아

우릉 꿍꽝 꽈다당
산천도 초목도 삼켜 버릴
하늘의 고함 소리
부서져라 깨져라 터져 버려라
세상이 온통 뒤집어져
가릴 것 없이 된다 해도
너와 나의 모진 사랑은
다시 뿌리내려
행복했던 그날에
가슴을 묻는구나

사랑아
사랑아…
화롯불보다 따뜻하고
옥수수 알갱이보다 정겹고
수평선보다 아득한 사랑아
세상이 또 한 번 온통 뒤바뀌어
가릴 것 없이 되어도
너와 나의 사랑은 한결같은 하나가 되어

끝 간 줄 모르게
행복을 노래하는구나

그리움의 끝

그리움이 아픔으로 깊어지면
긴 한숨에 매달려 힘겨운 눈물…
그리움 하나에 하나씩 더해 가는
그 사랑이 못내 안타까워
지금 이 순간 나는
바알갛게 멍든 가슴을 부여잡고 있다
그만 그리움은 멎게 하소서

끝내 터져 버려 부서지는 사랑 아니 되게
이젠 하나로 맺게 하소서
맺어져 새로이 잉태되는
그 사랑은 그침 없게 하소서

서로의 가슴에 깊이 박혀 영롱한 빛 발할
보석 같은 사랑이 되게 하소서

그리움의 끝에 서서
바래지 않는 광채를 지닌…

당신의 목소리

당신의 목소리는
영혼의 선율입니다
내 마음을 사로잡고 조율하는
어쩌면 나의 주인입니다
어떻게도 표현할 수 없는
이 느낌… 또 느낌…
당신의 목소리에
갈 곳 몰라 방황하던 마음은
이제 설 자리를 찾아 내립니다

여인이여
입술 사이로 스며드는
열정과 하나 될 때
귓가에 여울지는 당신의 목소리는
그대로 촉촉한 사랑 되어
이 가슴에
동그라미 조그마한 파문을 만들고야 맙니다

약속 (하나)

가슴 저린 그리움이
내 곁을 떠나지 못하고 있다
아마도 그대로 주저앉아
또 하나의 행복으로 둥지를 틀려나 보다
이대로도 행복한데
마음 설레는 그리움마저 움트려나 보다

아아…
만추의 쓸쓸함을 비웃듯
요동치는 이 삶의 환희를
어이 마다할 수 있으리
이 순간,
영원을 약속하리라

햇살 한 조각이 나뭇가지에 걸려
기약 없는 약속을 지켜보고 있다

가을에 오는 외로움

외로움은
늘 소리 없이 곁에 와 앉는다
그중에서도
가을에 찾아오는 외로움은 더욱
진하게 채색되어 스며든다

떨어지는 낙엽의
처연한 외로움도
가을비 속에
화사함을 저버린
허공의 외로움도
잎새를 떠나보낸
나목(裸木)의 외로움도
하나같이
가슴을 텅 비우게 하지만
부풀어 터질 것만 같은
설렘을
가을 한구석에
홀로 서 있게 하는 외로움은

싸한 가슴을
기어이 바알갛게 물들여 버리고 만다

외로움,
그중에서도
가을에 찾아오는 외로움은
시나브로 색깔이 바래어져
이제는 희미해진 기억 속을
정처 없이 떠돌고 있다

기억의 저편

그렇게 시작된 사랑은
가슴에 줄줄이 하얀 기억들을 엮어 놓았다
그리움이 찾아오면
엮어진 기억들을
하나씩 둘씩 꺼내어 본다
기억 저편을 버리고 싶을 땐
통째로 꺼내어
모래알처럼 산산이 부수어 버렸다
가슴에서 기억들이 빠져나간 뒤에도
아직 새로운 사랑을 채우지 못하고 있다

기억들은 여전히 내 한쪽을 움켜쥐고 있다
훗날,
기억의 저편 한구석에서
사랑 하나가 움트기 시작할 때
그 기억들은
갈 길을 잃고 헤매고 있을 것이다

그래도 사랑은 채워지겠지

할머니의 웃음

우리 할머니 이마에는
큰 길이 다섯 갈래
늘 웃음이 다니면서
길이 나고 말았네
손가락 마디마다
살 내음 어려 있고
속속 감춘 가슴에는
오직 하나의 사랑
아직도 마냥 귀여워
덩실덩실 어르다가는
커져 버린 손등에 흠칫 놀라
대견한 웃음으로 마음 가리네

어느 누가
그 사랑에 벗할 수 있으며
어느 누가
그보다 깊은 희생 쏟아 낼 수 있으랴

세월이 동행하는 할머니의 웃음은
끝이 없는 사랑이구나

라디오

지금은 어디에 숨어 있는지도 모른다
그저 어린 시절의
아련한 추억으로 남아 있을 뿐…

별이 유난히도 빛나던 그 시절
밤을 까맣게 잊은 조그만 가슴을
꼼짝 못 하게 쥐고 뒤흔들던 기억들이
조각조각 가슴속에 남아 있다
무엇을 알았을까
모르면 또 어떠리
그 조그마한 감성들을
세차게도 흔들던 목소리와 음악들이
영혼까지 훔쳐 달아났으니
빈껍데기만 남아
깊은 밤을 헤매던 날들이 얼마였던가

그 시절 라디오를 타고 춤추던 기억들은
이제 한 점의 아련한 추억으로 남아
내 가슴 구석구석을 거닐며 놀고 있구나
오래도록 잊혀지지 않으려는 듯…

가을 서정

이른 아침
너른 들녘의 유혹이
따사로운 햇살을 타고
창문 틈을 비집고 들어온다
마음은 마지못해 햇살을 따라나선다

길섶에 핀 들꽃 사이로
하얀 나비가 부지런히
사랑을 배달하러 다닌다
팔랑대는 날갯짓이 일구는 예쁜 바람이
뺨을 살콤히 간질이고 달아난다
마음은 이 가을을
기꺼이 가슴에 채워 담으며
외로움을 배웅하려 한다
눈앞에 펼쳐진 들녘이
오늘따라 더 아롱지게 채색되어
내 안으로 성큼 들어선다

넉넉한 시간이 흐른다…

맨드라미도 꽃인 걸

어릴 때
집 앞 뜨락에서 처음 만났던 너는
꽃이 아니었어
여느 꽃들처럼
꽃잎이 어여쁜 자태를 뽐내지도 않았고
진한 자주 빛으로 물든 너의 모습은
왠지 애처롭고 한을 머금은 듯한 표정으로
하늘을 향해 피어 있었어

닭 벼슬 같기도 하고
주름치마 끝단을 잘라
얼키설키 엮어 놓은 것 같기도 해서
조금은 무섭기도 하여 손대기도 머뭇거렸었지
너무 강인하게 보여
너는 한 해가 다 지나도 지지 않을 거 같았어

헌데,
그런 너도 꽃이었어

이제는 곱디고운 융단 같은 촉감에
수줍어 내밀지 못하는 얼굴인 양
바알갛게 물든 영락없는 꽃이 되었어
국화와 친한 너는
오래 사는 화복을 누리고 있구나
가을이 오면
향기가 있는 듯 없는 듯
무표정했던 맨드라미가 보고 싶어진다
이제는 가슴 한켠에
어린 추억의 꽃으로 남아
정겨움을 더하나 보다

봄

대지에 내려앉은
햇볕의 온기가 다르다
코끝을 스치는 계절 향이
한결 진한 느낌이다
살결을 건드리는 바람은
이제 보드랍다

눈앞에 펼쳐지는 만상들이
살랑살랑 춤을 춘다
개선장군인 듯 봄은
그렇게 스스로를 뽐내며 온다
며칠만 지나도 온 세상이
그 앞에 다투듯 나상을 펼쳐 보이리라
그럼에도
진정한 봄은
가슴에서 우러나는
희망의 메시지일진대…

거역할 수 없는 봄이
가슴을 가득 채운다

봄은 그렇게 왔다

낙엽이 내린 거리

이런 날은
문득
거리를 걷고 싶다
떨어진 낙엽들이
발밑으로 굴러 들어온다
떠도는 낙엽들은
냅다 얼굴에 투신을 한다
가느다란 스침이 참 좋다
낙엽이 내린 거리는
그래서 걷고 싶다
낙엽이 주는 선물은
내 안에 일 층 이 층
감성의 탑을 쌓는다

꽃과 나비

꽃잎이 다칠까 잎새가 갈라질까
하루에도 대여섯 번 마음으로 살피네
미소로 전하는 바알간 속삭임에
금방 환해졌다가
사알짝 부려 보는 설익은 투정에
입술이 십 리는 나오네
오늘도 정겨운 꽃들의 유희
나비는 꽃잎의 팔베개에
마냥 행복해하네
코발트색 하늘이 쏟아져 내려
파아란 행복으로 물들여 주네

너와 나의 세월

빗줄기 때려 치는 창가에
산산이 부서지는 지난 세월들이
봄
여름 그리고
가을과 겨울
계절마다 달라지는 추억의 색깔처럼
진하게 가슴에 스며든다
주마등처럼 스쳐 가는 세월과 함께
깊이 묻어 둔 그리움의 한이여
어두운 계절이
시간을 삼켜 버리고 나면
비로소 환한 미소로 가슴을 열고
새로운 계절을 찾아 나서리라
지난날의 고뇌와 번민도
송두리째 묻어 두고 왔는데
그까짓 무딘 세월쯤
못 참을 게 무어랴…

가로등

참 편하겠다 너는…
누군가 세워 주면
그 자리에 서서
밤새 꾸벅꾸벅 졸다 보면
동트는 새벽을 만나는구나
어쩌면 그리 미동도 없이
고개 숙여 밤을 지새는지
그 모습이 우직해 보여 참 좋구나

스스로를 환히 밝혀
어둠을 조롱하듯 의기양양한 모습에
웃음도 절로 나는구나

길가에 외로운 가로등이면 어떠니
세상이 그 밑에 모여 있는 걸…
아침이면 다시 하루를 까먹으며
어둠을 기다리는 정승이 된다
그게 너의
덧없는 일상이구나

늘 정겨운 이웃으로
곁에 있어 주렴

쓰러져서 행복하리라

밤의 고요함이
침묵을 삼키고 있는 시간
가슴속 깊이에서
스멀스멀 피어오르는 그리움
생각을 아니할까
마음 다지려 해도
그럴수록 더 질기게
언 땅을 밀치고
주억주억 생명을 내미는
잡초처럼
집요하게 나를 옭죄는 그리움을
차라리
가슴 가득 담아
행복으로 넘치게 하자
감당할 수 없어도
이 아니 좋을쏘냐
행복의 색깔일랑
어느 것인들 어떠리

사랑아

오늘이 다 가기 전에

이 밤 모자르도록

이야기 들려주지 않으련

사랑이 함께 있어

우리 하나 되게 하면

나 그대로 그대 품에 안겨

쓰러지리라

쓰러져서 행복하리라

기다림

마음이 가슴을 열고
살며시 창밖을 내다본다
님이 저만치 올 것 같기에
살랑대는 설렘을 감추고
앞서 내달리는 기다림을 따라
못 이기는 체 마음도 따라 나선다

온다…
기다리는 님이 온다
내 님이 온다

가슴은 요동을 치고
귓가엔 월츠의 선율이 아스라이 메아리친다
눈의 동공은 커지고
입가엔 행복한 미소가 서둘러 자리 잡는다
코끝은 님의 향기를 맡으려
한 뼘이나 더 멀리 마중을 나가고
두 발은 뛰는 마음을 따라 종종걸음을 친다

님은
언제나 그렇게 기다림을 찾아온다

그런 기다림이 난 좋다

또 하나의 나

또 하나의 내가 거울 속에 있다
아무것도 없는 표정으로
나를 보고 있다
내가 거울 속에 나를 보듯
거울 속에 내가 나를 보고 있다
자신을 바라보는 눈빛이 무거운 듯
나를 보고 있다
이마에 깊게 패인 갈래가 안쓰러운 듯
나를 보고 있다
눈가에 덕지덕지 붙어 앉아 있는 세월의 무게가
거울 속 내게도 얹어진 듯
힘겨워 보인다
아마도 나만큼의 세월을
용케도 삭여 왔나 보다

거울이
또 하나의 나를
세월 속으로 데리고 간다
그 세월은
아직 남아 있는 나의 삶이다

이렇듯 사랑할 수 있음은

동토를 녹일 듯한 뜨거운 열정
오직 한 사람에게 향하는
지고지순의 사랑

곁에 없어도 있는 듯
내 마음에 들어와 앉아
가슴을 가득 채우고 있네
언제나 함께이고 싶은데
안쓰러움이 커질수록
일체감도 커져만 가네

주저 없이 시작됐던 초록빛 연정이
빠알간 사랑으로 터져 버려도
그리움을 이길 수 없다면

차라리 떨어진 꽃잎이 되어
달맞이꽃으로 다시 태어나리라
영겁을 이어 갈 사랑을 안고…

도마의 하루

조그만 네모 위에 하루가 펼쳐진다
이른 아침 시작된 자잘한 칼춤이
반쯤 열린 창으로
하루를 맞아들인다
칼끝이 춤을 추기 시작하면
가벼운 통증이 온몸으로 퍼져 간다

해가 중천에 이르면
추는 듯 마는 듯 소소한 칼춤이
조촐한 밥상을 차려 놓는다
도마는 나름 편안한 시간이다

식도는 저녁이 되자
제법 현란한 춤을 추기 시작한다
온종일 눌렀던 열정을
한꺼번에 쏟아 내려는 듯
요란한 몸짓으로 칼춤을 춘다
양배추도
한 줌의 고기도
마늘까지도

칼춤 아래 여지없이 조각이 되어 흩어진다
사정없이 내리치는 칼날에
도마는 살을 에이는 아픔을 느끼지만
흔적도 없는 아픔이다

하루는 벌써 진한 어스름을 뿌려 대며
퇴장을 준비하기 시작한다

난자당한 도마의 하루는
스멀대는 아픔과 함께
시나브로 어둠속으로 묻혀 간다
늘 반복되는 아픔이지만
누군가에겐 즐거움이 된다는 역설적인 보람이
아픔을 어루만져 준다

도마는
내일도 여전히
칼춤과의 전쟁을 치를 것이다
피할 수 없는
도마의 운명이다

구멍

바람이 휑하다
언제인지 모른다
가슴에 알 수 없는 구멍이 뚫렸다
드센 바람이 가슴을 윽박지르며 관통한다
마음이 시리다

가슴에 뚫린 구멍으로
삶의 파편들이 세월과 함께 빠져나간다
다시 돌아올 것 같지 않다
구멍은 내게
또 하나의 허공을 남겨 놓았다

이제 구멍을 메꿔야겠다
작은 기대와 희망들이
옹기종기 모여 앉아
구멍 한가운데
새싹 같은 내일을
조금씩 쌓아 나가게 하자

구멍은 또 다른 어제를 잉태하기 때문이다

가을 바다에 서면

보채듯 설레는 가슴을 누르며
가을 바다 앞에 서면
수평선 끝자락에 걸려
하루를 배웅하는 일몰의 화려함이
왠지 쓸쓸함에 젖은 아쉬움으로
뒤돌아서지 못하는 듯
머뭇거리고 있다
일몰과 함께 사그라지는
하루의 시간들이
오늘을 놓아 버리지 못하나 보다
이제 희망을 기다리는 내일이
일몰 뒤에서 서성이고 있다
내일이여 서성대지 말고 오라
가을 바다는 여전히
그대를 위해
수평선을 깔아 놓고 기다릴 것이다

세월 (둘)

누가 손짓이라도 했더냐
네가 좋아 멋대로 와서는
내 시간을 잘게 썰어
여기저기 뿌려 놓고
세월이란 이름으로
삶을 조율하며 여기까지 왔다네
내 운명에 아슬아슬 걸려 있는
삶의 만상들이
아직 끝나지 않은 세월과 타협하며
어떤 그림으로 태어날지
참으로 궁금하구나

늘 같은 모습으로
야속하게 지나가 버리는 세월아
너 무서운 건 알겠다만
세상에 기쁨과 슬픔이 넘칠 땐
잠시 들러
아는 척 좀 하고 가려무나
그래야 우리도 시간 쪼개

작은 정이라도 나누며
이 한세상
소풍하듯 살 수 있지 않겠니

세월아 이리 오렴
이제 잠시 쉬어 가자꾸나

비탈길

골목을 돌아 나오면
발길이 멈칫하는 커다란 비탈길이
앞을 가로막고 서 있다
돌아가는 길도 없다
심호흡 한 번에
사정없이 내달려 오른다
여름이면 더워서
겨울이면 추워서
두 번 다시 오르고 싶지 않은 비탈길이지만
힘든 줄도 모르고 매일 오르고 내렸다
그래야 되는 줄 알았다
이제 생각해 보니
비탈길은 바로 인생길이었다
오름이 있으면
필시 내림도 있다는 걸
젊음을 살라먹고 난 후에야 알았다
젊음에는 알아도 안 것이 아님을
인생 느지막이
가슴에서 꺼내어 보고 깨닫는다

약속 (둘)

말도 없었다
손가락 걸지도 않았다
두 미소 사이에 주고받은
무언의 눈빛이
무한의 신뢰 속에서
빛을 발했을 뿐이다
어떤 말이 더 필요할까
그렇게 맺은 약속엔
생명이 잉태하여
늘 두 가슴에 살아 숨 쉬며
스스로 지켜 나간다
약속은
삶을 이어 나가는
소중한 동반자다

밥

안녕히 주무셨어요
점심 드셨나요
저녁 식사 하셨습니까
안녕히 주무세요

어릴 적부터
인사도 참 많이 하며 살았다

아하 그러고 보니
먹고 자는 것이
삶에 꽤나 큰일인가 보다
자는 거야 자느라고 즐거움을 모르지만
먹는 건 삶에 으뜸가는 즐거움인걸
식도락이라 하지 않던가
언젠가부터는
그저 살기 위해서보다는
더 즐겁기 위한 삶의 하나가 되어 버렸다

밥은 늘 내 몸과 마음에
파릇한 생명이 자라게 해 준다
그 생명으로 나는 삶과 친구가 된다
그 생명에서 나는 희망을 얻는다

오늘도 밥을 먹는다
삶과의 동행을 약속하며…

돌멩이

지천에 깔려 있는 수많은 돌멩이
생김새도 제각각이다
모나기도 둥글기도 삐죽하기도
구슬만 한 돌멩이에서
집채만 한 바윗덩이까지
생긴 대로 살고 있다
그중에서도
팔등신 미석이거나
개성미라도 뽐낼 수 있다면
제법 특별대우를 받는다
가치가 부여되고
몇몇 사람들의 손길을 타며
돌 귀족 생활을 하게 된다

어찌 보면
사람의 운명이나
돌멩이의 운명이나
그게 그거다
누구의 관심도 비낀 채

내팽개쳐진 듯 살 때는
있는 듯 없는 듯
수많은 시간 속에 묻혀 가기 마련이다

오늘도 돌멩이와
무언의 대화를 나누고 있다
서로의 삶을 교감하고 있다

낡은 주전자

집에는 낡은 주전자가 하나 산다
이제 어엿한 가족이다
벌써 30년도 넘는 정분이다
주전자는 늘 그 자리에 있다
삼단 찬장 중간 깊숙이에
드러내지 않고 묵묵히 자리 잡고 앉아
집안의 희로애락을 함께 나누고 있다
손님에게는 골동품 대접을 받으며
단연 최고의 인기 스타가 된다

세월에 답하듯
회색 빛깔 몸뚱이에
파란 빛바랜 모자를 눌러쓴
언밸런스한 모습이 우스꽝스럽기도 하지만
천박하지 않고 우직한 믿음으로
당당하게 한 가족으로 공생하고 있다

할 줄 아는 건 그저 물 팔팔 끓여
찻잔에 따르는 것뿐이지만

그 이상 더 바라지 않는다
여러 가지 재주가 있었다면
아마 가족 계보에서
벌써 퇴출이 됐을지도 모를 일이다
낡은 주전자의 매력은 바로 그것이다
가족이 원할 때 열심히 팔팔 끓어
뜨거운 김 줄기를 하얗게 뿜어 대면
그뿐이다

오늘도 변함없이 가족들을 위해
자글자글 온몸을 바쳐 봉사하고 있다
낡은 주전자는 오래도록
한 가족으로 남을 것이다

쇼핑

오만가지 색상과 생김새가
저마다의 자태로 눈길을 잡아끈다
이 세상이 다 모여 앉아
제 잘난 듯 온갖 맵시를 뽐내고 있다
마음은 이내 미로 속으로 빠져든다
봄인데 가을인데…
작년 입던 거 또 입어도 괜찮을까
겨울 지낼 준비해야겠지…
내일은 뭐 먹을까 주말인데…
다가오는 식구들 생일은 어떻게 하지…

분홍으로 물든 내일과
잿빛으로 뭉개진 내일이
한꺼번에 머릿속에 쳐들어와
나를 흔들어 댄다
쇼핑의 마력은 늘 이렇게
실체 없는 유혹을
약하디약한 감성과 뒤섞어 놓고 만다
어차피 사야 할 것들이라고 자위하면서…

오늘도 눈길은 여지없이 바쁘게 돌아간다
유혹은 또 한바탕
줏대 없는 마음과 혼전을 치를 것이다
승자도 패자도 없이…

쇼핑은 늘
대책 없는 설렘이다

첫눈

그냥 나갔어
갈 데도 없었지
마음은 벌써 하늘을 돌아다니고 있었어
세상이 내 것인 듯했고
한껏 부풀어 오른 호기심을 어쩌지 못해
만만한 친구 녀석을 불러내
그냥 걸었어
마냥 걸었어

때맞춰 첫눈이 내렸어
그때
첫눈이 와도 세상은 그저 그런 모습으로
아무 일도 없는 듯
흘러간다는 걸 처음 알았지
그래도 그저 좋았던 거야 첫눈이…

그날의 추억을 뒤로하고
수많은 세월이 흐른 어제도
첫눈이 내렸어

그 옛날 가슴을 부풀게 했던 설렘은
온데간데없고
첫눈은 오히려 몸과 마음을 닫아 버리게 했어

아…
세월
그놈의 세월이
이렇듯 가까이 있을 줄이야
한 성상이 지나고 또 내리는 첫눈을
난 만날 수 있을까

세월이
지금도 내 곁에
꼭 붙어 있으니…

길

보이는 대로 걸었다
열리는 대로 걸었다
둘러보니 여기저기 길이다
인내하며 걸었다

산도 넘고 강도 건너
어딘가에 있을 것만 같은
그 무엇을 잡으러 걸었다

헌데
그렇게 걷고 또 걸어
더 이상 걸을 수 없어서
멈춰 선 곳은
내가 떠났던 바로 그곳이었다

아~
지나온 길 위에
내 세월이 산산이 흩어져 있다
길은 삶이었다
운명이었다

오늘은
새로운 길이 다시 열린다
새로운 세월이 하나씩
다시 쌓이기 시작한다

길은 끝없이 돌아가는 세상이다

쓸쓸함에 대하여

쓸쓸함이 내 안에 들어왔다
조금도 낯설지 않게…
쓸쓸함을 난 알지 못한다
알지도 못하는 것이
가슴을 발갛게 물들이며
온다는 말도 없이 그렇게
찾아올 때가 있다

마음에 쓸쓸함이 들어와 둥지를 트는 건
더 이상 끄집어낼 마음이 없기 때문일까
차라리 지금
혼자만의 시간밖에 없다면
쓸쓸함을 달래 줄
추억거리라도 찾아봐야겠다
내 안에 머무는 쓸쓸함은
이상하게도 늘 혼자다

나의 님이여

머언 눈동자가 시선을 머무는 곳
불길 같은 뜨거움은 없지요만
빨려드는 은근함에 가슴은 팔매질하네

무언의 약속인 양 하나의 길을 가는 뜻
그대와 나의 마음은 영원한 축복의 노래
어쩔 수 없는 회한도 우리를 비켜 가리라

내일은 새로운 세상이란다
오직 오늘에 머무는 안타까운 순간 또 순간
어찌 날아가는 시간을 놓치려 하겠소

암장을 거두우고 눈을 뜨려 하는 저 빛은
가로막힌 철벽이라도 거침없다네
하나 되는 마음의 힘은 진정 이 세상도 움직이리라

님이여
머언 눈동자가 시선을 머무는 곳
수레 같은 요란함은 없지요만
잔잔히 느껴지는 그 의미는 정녕 행복이어라

모과나무 이야기

아파트 단지에
모과나무 두 그루가 이웃해 살고 있다
나무와 눈이 마주칠 때면
생각 하나가 떠오르곤 한다
정작 못생긴 모과보다도
모과를 주렁주렁 매달고 서 있는
모과나무가 더 측은하게 여겨졌던 기억이다

헌데 그것은 괜한 편견이었다

언젠가 주위가 불쾌한 냄새로 찌들어 있던 날
어쭙잖았던 모과향기가 강하게 나를 유혹했고
결국 내 손에 끌려온 두 개의 모과는
마치 하모니의 조화로움 같은
편안한 향기로
불쾌한 냄새들을 사로잡아 주었다

모과나무는 알고 있다
모과는 나무를 떠나야만

짧지만 행복한 생애를 누릴 수 있음을…
그 많은 모과를 매달고 있는 모과나무는
측은한 것이 아니라
수많은 사람들에게 나눠 줄
향기로운 미소를 꿈꾸는 행복의 전령사인 것을…

지금도 모과에는
따뜻하고 애틋한 정이 흐른다

가족

구구절절 풀어내지 않아도
굳이 긴 말도 필요 없다
무엇을 원하는지
말하려는지 안다
가족이란 동그라미에
하나로 살고 있기에 그렇다
가족에게는 그런 특권이 주어진다
배우지 않아도
연습하지 않아도
태어나면서 타고나는
가족의 힘이다

가족은 그렇게 하나가 된다
타인에게는 용서할 수 없는 과오가
가족 안에서는
아무 조건 없이 용서가 된다
용서란 얼마나 큰 사랑인가
가족으로만 가능한
무한한 사랑이다

가족은

같은 동그라미 안에서

하나일 수밖에 없다

이 세상 모든 행복과 불행을

기꺼이 동그라미 안으로 끌어들여

그 울타리를 벗어나지 않는다

가족은 모든 삶이 함께 이어지는

뗄 수 없는 하나이다

가족은 그래서

모두의 운명이다

수첩

가족도 아닌 것이
가족보다 더 가까이 있다
내 일상의 친구이자
삶의 동반자다
나의 희로애락이 모두 담겨져 있어
하루에 열두 번도 넘게
그의 문을 두드린다

언제 어디서든
도움을 주는 그는
희미해진 기억을
잘도 떠올려 준다
그를 떠나 있는 것은
자욱한 안개 속에
하루를 던지는 것이다

있으면 좋고 없어도 괜찮은
기호품이 아니라
없으면

삶의 동력을 잃게 되는
필수품이다

수첩은 오래전부터
그렇게 나와 하나가 되었다
이제
내 안에서 나를 움직이는
내 마음이다

오늘도 수첩은
또 다른 새로움을 찾아
내 삶을 기웃거리고 있다

어제와 다른 오늘

어제와 똑같은 새벽길을
오늘도 나섰건만
그 길은 사뭇 달라 보였다

간밤에 내린 비로
낙엽이 융단처럼 깔리고
바람은 스산했다
채 떨어지지 못하고
나뭇가지에 매달린 물방울들이
잠에서 덜 깬 얼굴을
사알짝 적시어 준다
어둑한 하늘엔 구름이 잔뜩 머물고
먼 산 너머에서 희뿌연 동이 트려고
안간힘을 쓰고 있는 오늘은
분명, 어제의 연속이려니…
오늘 문득
낯설기만 한 이 길에서
이방인이 된 듯한 느낌을 갖는다

어느새 빗방울 한 움큼이
내 손에 들려 있었다

여백

뭔지 모를 공허함이
가슴까지 비워 버려
삶에도 여백을 만들고 있다
가득 채워진 백지에
하얀 여백이 자리한다면
한결 여유로운 시간들이
예약되지 않을까

삶에도
그런 여백의 동행이
함께하면 좋겠다

세월 (셋)

희끗한 머리에
세월이 참 많이도 앉았다
수많은 시간들이 지나간 자리에
회색빛 흔적을 남겨 놓았다
어찌 해도 지워지지 않을 삶의 자국들이
시나브로 채곡채곡 쌓이고 있다
세월은 세상을 탓하지도 배려하지도 않는다
도무지 관심이 없다

세월 한구석에 놓여진 지난 삶 속에서
나를 끄집어내어 오늘에 맞추어 본다
달라진 게 별로 없다
나아진 것도 없다
그래도 마음은 여전히 나를 따라가고 있다
세월 덕이다
세월은 어찌해도 지워지지 않는
내 모습이다
그래서 무섭기도 하고 정겹기도 하다

빗속의 해후

빗소리가 싱그럽다
창밖에 부딪쳐 흩어지는 빗방울 조각들이
아우성을 친다
이유 없는 외침이다

삶의 한구석에 길게 누워
모처럼 빗속의 여유와 해후를 한다
잊었던 먼 기억들이
어느새 곁에 와 눕는다
세월이 따라와 기억 속을 헤집고 다닌다
그리고는 그 기억들마저
세월 속에 묻어 버린다

이제 알 수 없는 삶의 미래가
또 다른 기억을 만들기 위해
일상을 시작한다

삶은 그렇게 쉬임 없이 돌아간다

바다의 속삭임

나뭇잎이 제멋대로 물들어 가는 날
초원 같은 초록빛 바다를 찾는다
바다는 그 앞에 서야만
광대한 가슴을 열어 준다
세상에 시비를 걸 듯
쉴 새 없이 밀려오는 파도가
가슴을 적시면
비로소 바다는 속삭인다
'너에게 줄 게 이것밖에 없어'

어느새 정겨워진 파도 소리가
해변의 길손이 되어 백사장을 함께 걷는다
파도 끝자락에 흩어지는 포말들이
삶의 파편이 되어
시나브로 가슴을 촉촉하게 적신다

바다는 그렇게 나를 몽땅 가져가고 만다

이게 행복이지 뭐

만났다 헤어져
잠시 따로 있을 뿐인데
이렇듯 그리움으로
가득 차오르니
온몸은 온통 분홍 미소로 물들고 있다
이 마음 영영 이어져
늦은 생에
한 줌 기쁨이고 즐거움이면
이게 행복이 아니고 무엇일까
몸은 달라도 마음은 하나로
작은 세상 욕심 없이
사부작사부작 웃음으로 엮어 가 보잔다
소중하게 남겨진
아직 태어나지 않은 날들을 위해…

이게 행복이지 뭐

너는 조화일 뿐

꽃도 아닌 것이 꽃인 척
아니, 꽃보다 더 꽃인 것처럼
곱디고운 자태로 감성을 현혹시킨다
꽃도 아닌 너와의 실랑이는
또 이렇게 시작되지만
늘 꽃도 아닌 너의 승리로 끝나기 마련이다
감성을 잃은 듯 메마른 나의 시선은
현란한 오색으로 한껏 치장한 너를
알아보지 못하기 일쑤다

미상불 내 눈은 이때마다
마음에게 속삭이리라
'도와줘'

이내 감성을 되찾은 눈은
꽃인 듯 치장한, 꽃 아닌 너를 용케도 가려낸다
꽃에는
아니 꽃이 아닌 너에게는
마음을 촉촉이 적셔 줄 향기가 없기 때문이다

바로 조화의 피치 못할 설움이란다

너는 오늘도 온갖 치장으로
세상에 나서 보지만
조화는 그저 조화일 뿐이다

봄날 스케치

심술궂은 찬 바람 날갯짓에
하얀 눈꽃 날리어도
아롱대는 아지랑이 너울 춤사위 너머로
봄이 영그는 소리가 쉬임 없이 들려온다
저 먼 아랫동네 광양 매실 마을의 봄이
한걸음 달음질로 덤벼들 때
아연 놀란 마음을 풀어헤쳐 본다
매화 봉오리 움트기 전에
한 발짝 이른 산수유가 온 산하를 덮으면
노란 매실 익기를 기다리는 농부의 맘은
발갛게 타들어 가는 저녁노을을 닮는다

동그라니 매실 익어 가는 철이면
아낙들 발걸음은 바빠지기 시작하고
봉긋 열린 앞섬 바람 듦도 잊은 채
뽀얀 얼굴 검게 타도 모르는 틈에
어느새 이 봄 가고 나면 여름 오고
또 가을도 겨울도 올 테지…

이렇듯 계절 가고 인생도 흘러가면
남은 여생 살펴랴 마음도 쓴다마는
이제껏 잘 버티며 살아왔으니
남겨진 날들을 덤이라 생각하며
오늘도 내일도
더 먼 날들까지도
예쁘고 탐스럽게 살아가련다

인연

낯선 이름 하나가
가슴에 작은 파문을 일으킨다
마치 구슬을 꿰듯
진솔하게 엮어 놓는 사연을 보면서
자리를 잡지 못하고 서성이던 파문은
이내 내 마음 뜨락에
고운 쉼터를 소담스럽게 꾸며 놓는다
이렇듯 우리의 인연은 소리 없이 내려앉는다
글동무라는 순수함으로 둥지를 틀고
공감과 신뢰로 뿌리를 내리더니
깊은 사랑의 열정을 아낌없이 쏟아 낼
단 하나의 인연으로
서로의 가슴을 가득 채우고 있다

지난날들은 모른다
오직 오늘의 설렘이 있을 뿐이고
내일의 행복을 기약할 수 있다면 그만이다
이순을 한참 넘긴 세월이기에
늦게 찾아온 사랑의 고마움을

이심전심으로 애틋하게 나누고 있다

그 진솔함의 깊이와
간절함의 크기를 미리 재 놓은 듯
한마음으로 공감을 쌓는 우리…
정성과 배려와 사랑으로
오래오래 빛나는 보석이 되어
두 가슴에 하나로 피어나게 하리라

순수의 열정으로

꼭 말해야 알까
꼭 보아야 알까…
이제 그리하지 않아도
말 없어도 아니 보아도
눈빛으로 가슴으로 느낄 수 있는
사랑, 믿음 그리고
끝 간데없는 심연의 정

깊은 강물처럼
세파에 흔들림 없고
잔물결 요동에 눈감아
이제사 지고지순의 사랑을
가슴에 고이 간직하잔다
변함없을
오로지 하나
순수의 열정으로…

사랑은 아직도 가슴에 머물러 있다

지난가을
공허한 바람을 타고
가슴을 열고 살며시 들어온 사랑은
추운 겨울날
눈 덮인 하얀 솔가지마다
작은 행복들을 송송이 매달아 놓았다

사랑은 아직도 가슴에 머물러 있다
이제는
가슴을 채우는 행복이 되고 있다

엄마

세상에 유일하게

무조건 좋은 말

세상에 유일하게

세상에 없어도 부르고 싶은 말

세상에 유일하게

부르기만 해도 촉촉해지는 말

세상에 유일하게

나이를 아무리 먹어도 엄마라고 부르고 싶은 말

세상에 유일하게

아무리 멀리 있어도 부르면 들릴 것 같은 말

세상에 유일하게

내가 키가 커도 작게 느껴지는 말

왠지 알아?

여자는 약하지만

엄마는 강하기 때문이야

어디서든 엄마 얘기가 나오면

눈가에 샘이 솟는 건

엄마도 나도 같이 주고받아야 할

사랑이 아직 남아 있어서 그런 거야

아니,
그때 못다 한 사랑이
가슴속 저 깊이에 살아 있기 때문이야
엄마
거기서 외출 나올 수 없어?
2박 3일만…
보고 싶다

인생은 소풍

어느 날
인생이 소풍을 간다
가방 하나 둘러메고
연필 하나 노트 하나 챙겨 넣고
세상으로 소풍을 나간다
가방엔 뭐가 들었을까

평탄한 길을 얼마 가다 보니
산길이 다가오고 산을 넘으니
강이 버티고 선다
만만치 않은 세상은
인생을 고이 놔두지 않는다

여차저차해서 강을 건너니
다시 탄탄대로가 앞에 펼쳐진다
인생은 잠시 쉬며
소풍의 의미를 생각해 본다
그리고는 가방에서 뭔가를 꺼내어 펼쳐 놓는다
거기엔 이렇게 새겨져 있다

'인생이 가는 소풍은 행복과 불행의 반복이다'
세상은 행복과 불행이 반복되는 삶의 터이니
곧장도 가다가 돌아도 가야 하는 힘든 여정이거늘…

인생은 돌아오며 겨우 깨닫는다
세상은 늘 그곳에 있다는 것을…

제2부
───

여
담

고운 눈물

나는 남자치고는 눈물이 좀 있는 편이다. 이래 울고 저래 울고 한 달에 서너 번(?)은 우는 거 같다.

물론 소리 내어 엉엉 우는 건 아니고 뜨거운 눈물이 주체 못 할 정도로 흘러내리는 정도다.

가슴속에 감동의 물결이 일기만 하면 십중팔구 눈물이 흐르고 만다.

예전에 자식들 출가 전에는 나란히 앉아 TV를 보다가 감동적인 장면이 나오면 애들이 먼저 알고 내 눈을 빤히 쳐다보곤 했다. 영락없이 눈물을 흘리고 있을 아빠의 모습을 확인하기 위해서다.

물론 놀리려는 의도도 없지 않았을 테지….

"저런 장면을 보면 조금은 눈물을 흘리는 게 인간적이지 않냐."

할 말이 없는 나는 늘 같은 변명으로 궁색한 국면을 벗어나곤 했다. 그리고는 한마디 덧붙인다.

"이건 고운 눈물이라는 거야. 먹어 보면 농도가 다를 것이야."

고운 눈물?

그때부터 나는 고운 눈물이라는 것을 지금까지 흘리면

서 산다.

가족을 잃고 흘리는 눈물, 사랑을 잃고 흘리는 눈물, 자존심을 짓밟히고 흘리는 눈물, 너무 분해서 흘리는 눈물….

전부 성분도 농도도 다르겠지만 그중 감동으로 흘리는 눈물이 가장 고운 눈물이 아닐까.

시원한 카타르시스가 가슴을 관통해 지나가는 느낌을 받는다. 그래서 한때는 감동적인 글들을 모아 둘 때도 있었다.

헌데 그렇게 모아서 보는 감동은 우연히 만나게 되는 감동과는 많은 차이가 느껴졌다.

예상치 못한 상황에서 돌발하는 감동은 그야말로 온몸을 짜릿하게 구속한다.

어찌 고운 눈물을 흘리지 않을 수 있겠는가.

고운 눈물은 바로 자신이 겪어 온 수많은 만상들에게 흘려 주는 마음의 눈물인 것이다.

감동의 눈물, 고운 눈물은 건강에도 좋다고 하지 않던가. 아마도 감동의 눈물이 기분까지 좋게 해 주기 때문이 아닐까.

운동하세요?

세상에 참 어려운 것 중 하나가 꾸준히 운동하는 것이라는 말에 공감하시나요.

지금 꾸준히 운동하고 계신가요. 꾸준하다는 것은 적어도 일주일에 4일 이상을 반복적으로 운동함을 말한다고 합니다. 물론 저는 하고 있습니다. 대단한 운동은 아닙니다만 거의 매일 하고 있습니다.

걷기와 근력운동 조금 그리고 스트레칭이죠. 전 운동선수도 아니고 울퉁불퉁 불거진 근육 뽐낼 일도 없습니다. 그야말로 제 건강을 최소한이라도 유지하고자 나름대로 꾸준히 하고 있을 뿐입니다.

근데 말이죠. 고만큼의 운동인데도 꾸준히 하기가 정말 어렵답니다.

첫째는 하기가 싫고,

둘째는 시간을 일정하게 낸다는 게 쉽지 않고,

셋째는 장소가 마땅치가 않을 때도 있습니다.

물론 다 핑계죠. ㅎㅎ 그러다 보니 간혹 그냥 넘어갈 때도 없지 않답니다.

저 세 가지 핑계 중에서 가장 큰 게 뭔지 아세요? 하기 싫다는 겁니다.

정말 하기 싫을 때가 종종 있습니다. 그래서 하기 싫을 때마다 제가 속으로 불러오는 끔찍한 경고가 있어요. 바로 '너 이거 안 하면 죽는다.'입니다. 좀 심한가요? 아니요. 조금도 심하지 않아요. 저런 섬뜩한 채찍이 없으면 정말 실천하기 힘든 게 꾸준한 운동이라 생각하거든요.

이제는 어느 정도 체질화가 된 덕분에 운동을 안 하면 큰 할 일을 안 한 것 같아서 하루가 불편해질 정도가 됐답니다. 그리고 이제는 몸 여기저기 불편한 것도 운동으로 거의 다 풀게 된다는 겁니다. 어깨가 좀 아프다고 운동을 안 하고 쉬는 게 아니라 똑같은 강도로 스트레칭을 계속하면 2~3 일이면 거의 다 낫게 되더라고요.

건강한 생활에 운동이 전부는 분명 아니겠지만 운동이 건강에 중요한 역할을 하는 것은 부인할 수 없는 사실이라 믿고 있습니다.

운동에 관한 약속이나 다짐 중에 가장 헛된 말이 뭔지 아세요?

"나 언제부터 운동 시작할게." 이 말입니다.

아직 운동 못 하고 계시다면 생각난 지금 바로 시작하세요. 언제부터라는 말은 운동에는 없으니까요. 저 말을 믿게 되면 운동 시작 못 합니다.

도전의 매력

배운다는 것은 정말 끝이 없나 보다. 나이도 전혀 상관이 없다. 다만 나이에 따라 배우는 내용이 다를 뿐이다.

젊은 나이에는 수학을 배우고 과학을 배우고, 중년의 나이에는 돈 버는 방법을 배우고 세상 사는 법을 배운다면, 황혼의 나이에는 용기를 배우고 이해하고 배려하는 마음을 배우며 용서하는 방법도 배우고 인내도 배운다.

어찌 보면 노년에 우리는 삶에서 가장 의미 있는 것들을 배우는 것이다.

컴퓨터를 만지면서 음악을 자주 듣게 되는데 오늘 미디어플레이어가 말을 듣지 않는다. 여기저기 들어가 몇 번을 만져 봐도 원상회복이 되지 않는다. 할 수 없이 컴퓨터 전문가에게 전화해 보니 원인 모를 고장 시에는 밀어 버리고 윈도우를 다시 깔아 주는 것도 한 가지 방법이라고 말해 준다. 예전 같으면 엄두도 못 냈을 일이었겠지만 오늘은 왠지 해낼 수 있을 것 같은 생각이 든다. 고칠 수 있을 거라는 확신은 없었지만 한번 해 보자는 만용 아닌 용기가 생기는 것이다.

바로 실행하기로 하고 파일백업 작업부터 시작해서 윈

도우를 다시 깔았다. 요즘은 안내가 잘되어 있어서 그대로 만 하면 못 할 게 없을 거 같았다.

성공이었다.

미디어플레이어는 다시 돌아가고 음악이 흐르기 시작했다. 생전 처음 해 보는 일을 제대로 마치고 나니 짜릿한 희열감이 온몸에 퍼져 나가는 게 느껴졌다. 그러면서 처음 든 생각이 바로 '정말 도전은 끝도 나이도 없구나.'였다. 해 보자는 결심은 용기였고 다시 깔면 이것저것 새로 할 것도 많고 기다리는 시간도 적지 않을 텐데 그걸 감수하는 건 인내였다. 잘못하면 저장된 자료도 다 날릴 수 있다는 위험을 알면서도 시작할 수 있었던 것은 자신에 대한 작은 신뢰가 바탕이 되었다.

요즘 젊은이들에게는 이 정도는 일도 아니겠지만 내게는 큰 용기를 필요로 하는 제법 어려운 일이었다. 동시에 삶에 필요한 소중한 도전을 경험했다는 뿌듯함에 꽉 찬 하루를 만끽하기도 했다.

이게 다 삶의 배움이 아니고 무엇이겠는가.

배움의 미학

배운다는 것….

살면서 삶의 의미를 한껏 높여 줄 수 있는 것 중 하나가 바로 배움이 아닐까 한다. 게다가 노년에 맛 들이는 배움의 매력은 그야말로 경험해 보지 않고는 알 수가 없을 게다. 요즘 내가 그런 매력단지에 푸욱 빠져 있다.

내 나이… 이제 노년이라는 말이 낯설지 않으니 분명 적지는 않을진대 무모함이 아닌 꿈이 있는 용기를 옹골차게 한 번 펼쳐 보이고 싶은 마음이다.

'캘리그라피.'

욕심일까…. 나이에도 맞고 내 취향에도 맞고 내 재능(?)에도 맞는 듯하여 어느 날 그렇게 시작을 하고 말았다.

이제 다시 되돌아가기도 싫고 그럴 수도 없고 그럴 이유도 없다. 특별히 재미라곤 찾아보기 힘든 인생 후반에 제법 요모조모 아기자기 알콩달콩 적지 않을 재미를 붙여 볼수 있을 것 같아 열심히 하라는 대로 해 나가고 있다. 아직은 서툴지만 마침 딸이 학원을 개원한다고 하여 어쭙잖은 솜씨로 작품 하나 만들어 줘 봤는데 바로 이런 재미를 말함이다.

못 쓴 글씨지만 그래도 아빠가 썼다고 하니 학원 한편에 당당하게 걸어 놓아 준 것이 고맙기도 하다.

이제 시작했으니 잘 쓰고 못 쓰고는 별로 중요하지 않다. 그건 시간이 해결해 줄 문제이다. 다만 열과 성을 다해서 얼마나 오랫동안 배울 수 있을지가 궁금하기만 하다.

건강에게 빌어 본다. 시작은 했으니 뭐든 결실을 맺을 수 있게 해 달라고 말이다.

배우는 건 나이가 필요 없고 재능도 필요 없고 그저 열정 하나만 있음 그런대로 지 할 거리를 찾아낼 수 있는 모양이다. 열정은 바로 건강해야 꽃을 피울 수 있는 게 아닌가.

글을 쓰면서 사진을 늘 맨 위에 실었는데 아직 내로라할 실력이 아니라서 부끄러운 마음에 얌전히 아래에 싣기로 한다. 참 용기도 좋다 뻔뻔해진 건가….

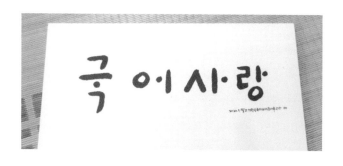

실력이 는다는 것

스포츠에서의 실력은 경기력일 게다. 누구나 운동 한두 가지 이상은 하고 있을 것이다. 헬스도 운동이고 걷기도 운동이니까 말이다. 원하든 원치 않든 운동은 하게 되는 게 생활이다.

헌데, 구기종목으로 가게 되면 얘기는 달라진다. 공으로 하는 운동이 수없이 많지만 그런 운동은 자신이 좋아하지 않으면 안 하게 되기 마련이다. 다시 말하면 취미로 하게 되지 않으면 오래 할 수가 없다는 뜻이다. 물론 선수들은 별개의 경우일 것이다.

나도 몇 가지 구기종목을 참으로 열심히 푹 빠지도록 했었다. 어떤 운동을 시작하면 어느 정도 경지에 이를 때까지 계속하는 근성이 있었다.

고등학교 때는 농구를 죽자 살자 했고, 대학 때는 탁구와 당구를 그렇게 했고, 결혼해서는 볼링에 빠졌었고, 50이 넘어서는 배드민턴과 같이 살기도 했었다. 이런 운동은 실력이 어느 정도 갖춰지지 않으면 한마디로 재미가 없어서 할 맛이 안 나는 법이다. 하지만 그 실력이란 게 그렇게 쉽게 쌓여지는 게 아니지 않는가. 오랜 시간 동안 꾸준히 같은 동작을 수 없이 반복하다 보면 어느 순간 "아! 이거다~!" 하고 스스로 깨닫게 되는 게 바로 실력이라는 거다. 말로 아무리 가르쳐 줘 봐도 수많은 연습을 통해 스스로 터득하지 않으면 내 것이 되지 않는 게 실력인 셈이다. 어디 스포츠에서만 그러겠는가. 공부, 악기 연주, 노래, 서예, 춤….

오랜 세월 살아가면서 쌓게 되는 소중한 수많은 경험들도 결국 인생실력이 아니겠는가. 어떻게 살아왔느냐에 따라 인생실력이 좋을 수도 변변치 않을 수도 있을 것이다. 실력은 그런 것이다. 내 스스로 습득하고 터득해야만 얻을 수 있는 보물인 셈이다. 왜 나는 실력이 늘지 않느냐고 자책할 시간에 한 번이라도 더 연습해서 스스로 깨달을 수 있게 정진할 때 보물은 내 손에 잡히는 것이다. 그날이 반드시 온다고 믿고 열심히 노력해 보자.

실력은 스포츠에도 삶에도 필요하니까 말이다.

정말 그럴까…

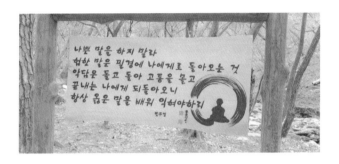

정말 그럴까 악담은 돌고 돌아 나에게 되돌아올까 그것
도 고통을 몰고….

그럴 수도 있고 아닐 수도 있을 거란 생각이 든다. 말이
란 게 한 사람 두 사람 전해질 때마다 조금씩 살이 붙고 새
로이 씨가 뿌려지는 경우가 참 많다. 그 씨는 아예 없던 싹
을 새로 만들어서 애초에 내가 한 적도 없는 말들이 되어
바람을 타고 온 동네방네를 싸돌아다니게 된다. 결국 한마
디 험담을 한 것이 몇 사람 거치는 사이 그 사람은 거의 죽
일 놈이 되고 마는 경우가 종종 있더라는 거다.

근데 이상한 게 칭찬하는 말은 살도 안 붙고 씨도 별로
안 뿌려져서 원본과 크게 다르지 않게 전달이 되는데 비난
하는 말은 거의 어김없이 군더더기가 덕지덕지 붙은 고약

한 상태로 퍼지게 된다. 나름대로 그 이유를 곰곰 생각해 보니 험담을 듣는 그 사람은 나에게만 잘못이 있는 게 아니라 이 사람 저 사람에게 같은 잘못을 한 경우가 대부분일 거라는 거다. 그러다 보니 그 사람에게 안 좋은 마음을 가진 사람들이 말을 옮길 때마다 이런저런 흠을 덧붙여 옮기게 되니 자연히 원본에 없는 흠까지 덕지덕지 붙게 되는 게 아닌가 하는 생각이 든다. 나중에 당사자가 원본을 만든 사람이 누군지 알게 되면 좋을 게 없을 수도 있으니 경우에 따라서는 고통을 몰고 되돌아온다는 말이 맞기도 할 것이다.

이건 논문에 있는 얘기도 아니고 순전히 나 혼자의 공상일 뿐이니 그냥 그런가 보다 하고 넘어가면 되는 낙서의 한구석이다. 그렇긴 해도 낙서도 결국 우리 생활이 아닐까. 없는 얘기를 낙서로 쓸 수는 없을 테니 말이다.

그놈의 집중력

블로그 방 하나 개설해 놓고 여기에 집중하기가 참 만만치가 않다.

세상엔 정말 그냥 되는 일이 하나도 없다는 걸 블로그와 놀면서 다시 한번 깨닫게 된다. 잠시만 한눈팔면 블로그는 저 혼자 뚝 떨어져 뭘 하고 있는지도 모른다. 어쩌다 글이라도 하나 올리게 되면 속으로 누가 시키지도 않는 굳은 다짐들을 몇 번은 한다.

'이제 매일 한 개씩 글을 써 봐야지….'

'매일 적어도 한 번씩은 들어와서 놀다 가야지….'

'댓글 달아 주시는 이웃들에게도 인사 자주 드려야지….'

허나 웬걸~ 3일에 한 번, 일주일에 한 번, 아니 한 달에 한 번 오기도 쉽지가 않다.

나만 그런가. 정말 나만 그런 것 같은 생각이 든다. 어쩌다 들어와 이웃님들 방을 가 보면 부끄러워서 오래 머무를 수가 없을 정도로 활발하게 활동을 하시니까 말이다.

도대체 왜 그럴까 곰곰이 생각하다가 답을 하나 찾아냈는데 집중을 얼마나 하느냐 못 하느냐의 문제인 것 같았다. 들어오진 못해도 늘 생각하는 걸 보면 관심이 없는 것도 아니고 여기 잠깐 들어올 시간이 없을 정도로 바쁜 것도 아니고…. 결국 생각하는 게 너무 많다는 결론에 이르게 된다. 집중력이 떨어지고 산만하다는 얘기다.

답을 찾았는데도 뭘 어떻게 하겠다는 약속은 선뜻 하기가 조심스럽다.

만약에 그 약속을 또 지키지 못하면 집중력도 떨어지는데다 실없는 사람까지 될 테니 그것 또한 수용하기 힘든 자화상이 아닐까. 그렇다 해도 아무 생각 없이 그냥 나갈 수는 없는 법~

또 다시 다짐을 해 본다 이제까지보다는 확실히 나아진 모습으로 블로그와 친해져 보려는 노력을 많이 해 보자는 다짐이다. 이 다짐만 실행에 옮겨져도 좀 더 멋진 블로거(?)가 될 수 있으리란 스스로의 기대에 마음 설레며 오늘의 블로그 방문에 의미를 선물해 본다.

나 스스로에 대한 채찍이기도 하다.

사랑은 배려하는 마음

　사랑, 사랑, 사랑….

　살면서 아마도 가장 많이 사용하는 말 중에 몇 순위 안에 들지 않을까 할 정도로 평소에도 많이 쓰는 말이고 책에도 TV에도 영화에도 글에도 수없이 많은 사랑이 나온다.

　헌데 사랑이 무어냐고 정의를 물으면 소신 있게 무어라고 대답할 수 있는 사람이 얼마나 될까.

　좋아하는 것이다.

　서로 아껴 주는 것이다.

　늘 생각하는 것이다.

　곁에 있어 주는 것이다.

　사랑이 무언지에 대해선 아마도 정답이 없기 때문일 것이다. 사랑을 단답형 질문으로 다루기엔 뭔가 한참 부족하

114

다는 느낌만 가득해진다. 나 역시 마찬가지다.

하지만 그럼에도 감히 '사랑은 배려하는 마음'이라고 정의를 내려 본다.

사랑에도 분명 유효기간(?)이란 게 있다. 물론 마음속 깊이에는 늘 간직하고 살지만 어느 정도 시간이 지나면 사랑의 표현이나 온도는 점점 줄어들게 마련이고 그때부터 사랑을 온전하게 지켜 주는 것은 서로를 배려해 주는 마음이라고 생각한다. 물론 당연히 내 개인적이고 주관적인 생각일 뿐이지만 살면서 언제부턴가 난 배려하는 마음들을 경험하면서

'아~ 이것이 사랑이구나, 사랑이 없어진 게 아니로구나.'

하는 걸 느꼈고 사랑에 정말 꼬옥 필요한 덕목이 배려하는 마음이라고 의심 없이 믿게 되었다. 누구나 늘 배려를 받기도 하고 해 주기도 한다. 배려는 상대를 편안하게도 하고 기분 좋게 해 주기도 하고 용기와 자신감을 주기도 하고 위상을 높여 주기도 한다. 그래서 진정 사랑받고 있다고 믿게 되고 나도 진실한 사랑을 주고 있다는 걸 스스로 확인하게 된다. 그래서 사랑은 배려하는 마음이라고 말한다.

사랑도 줄 때 더 행복하듯이 배려하는 마음도 줄 때 더 행복하기 때문일 것이다.

배려는 답례를 요구하지도 않는다. 상대방이 알게도 배

려를 하지만 모르게 해 주는 배려가 더 가슴 뿌듯함은 왜
일까.

　아들 집에도 크게 글로 써서 표구까지 해서 갖다줬더니
거실에 반듯하게 걸어 놓았다.
　잘 쓰진 못했지만 살면서 그 말의 참뜻을 하나 씩 깨달
아 가기를 바라는 마음이었으리라.

세월 1

한참 글을 쓰지 못하는 사이 세월이 살짝 들어와 여기서
도 수많은 시간을 축내고 있었다. 벌써 반년 가까이… 세
월… 참 징하다. 틈만 있음 끼어들어 함께 놀려 하니 참 못

말리겠다. 그 잠깐 사이에 벌써 5개월 하고도 5일을 까먹게 만들었으니 대체 그 빠르기를 누가 당하랴. 세월은 그런 것인가 보다.

코흘리개 어린 시절을 지냈고, 학생이라는 신분으로 세월을 보냈고, 사회라는 곳으로 나와 이런저런 모습으로 세상을 살아가다 보니 세월은 나를 지금의 이 모습으로 만들어 놓았다. 내가 시키지도 않았는데 세월은 지 맘대로 나를 여기에 데려다 놓았다. 그리고는 지금도 내 옆에 바짝 붙어서 나와 공생하고 있다. 세월은 이런 존재다. 앞으로도 세월은 나를 떠나 살 수 없고 나 또한 세월을 떠나 살 수 없을 것이다. 그러면서도 한시도 쉬지 않고 세상에 어떤 일이 벌어져도 눈도 깜짝 안 하고 앞만 보고 사정없이 걸어갈 것이다. 그래서 세월이 우리를 봐 주기를 기다리지 말고 우리가 세월에 맞춰 살아야 한다는 것이리라.

성모상 앞에 두 손 모으고 기도하는 저 아이는 내 손녀다. 올해 초등학교 3학년이라는데 그럼 몇 살인 거지. 아기 때 내가 기저귀도 바꿔 주고 안아도 주고 밥도 먹여 주던 그 아기를 세월은 저렇게 의젓한 아이로 바꿔 놓았다. 대견하기도 하고 신기하기도 하지만 역시 또 두렵기도 하다. 오늘 첫영성체를 받아 모신다기에 어제 미리 가서 축하해 주고 사진 한 장 담아 왔다. 우리가 아들딸들을 볼 때 세월을 같이 봐 왔고 손주들을 볼 때도 세월은 늘 곁에 있곤 했다. 피할 수도 없고 멀리할 수도 없는 세월이다. 피할 수 없으면 즐기랬다고 이젠 세월과 친해지면서 즐기며 살아가는 수밖에 없을 듯하다. 나이 들면서도 젊을 때의 용기와 의욕과 열정을 팽개치지 말고 오히려 더 즐겁게 써먹어야 된다는 말이다. 누구나 나이는 먹는다. 허나 나이는 먹고 늙는 것이 아니라 천천히 익어 가는 것이라 하지 않던가.

이 얼마나 멋진 말인가. 몸은 늙어 가도 마음이 늙지 않으면 우린 늘 젊어 있을 것이다. 아마 세월도 그런 젊음은 어쩌지 못하리라 세월을 이길 수 있는 유일한 방법이 아닐까.

점 하나

인생은 짧고 예술은 길다.

학창 시절부터 무수히 들어온 소중한 격언을 그저 그런 말이 있나 보다 하고 무심코 기억 속 한구석에 묻어 두고 지냈는데 우연히 이 작품을 보는 순간 그 말의 진정한 가치가 새삼스레 가슴 깊이까지 되새겨짐을 느낀다. 어쩌면 무명인 누군가의 땀과 혼이 곳곳에 그대로 묻어 있는 듯하여 더욱더 그런 감동이 큰 공감이 되어 애틋하게 가슴을 적시나 보다. 수많은 시간과의 조우 끝에 태어났을 이 작품은 자그마한 타일들을 엮고 또 엮어서 거대한 벽화 조각품을 만들어 놓은 것이다. 참 대단하지 않은가. 옹기를 굽는 옛 우리 선조들의 땀과 혼을 자신의 땀과 혼으로 승화시켜 여기 옹기마을에 누구도 감히 넘볼 수 없는 역작을 세상에 남겨 놓은 것이다. 우리가 잘 알고 있는 고흐나 고갱, 그 밖에 무수한 유명 작가들의 작품을 볼 때 솔직히 거기서 그들의 땀과 혼을 한 번이라도 찾을 수 있었던가. 아니, 찾아는 보았는가. 내가 그쪽으로 조예가 깊지 못해 그런지는 몰라도 이제껏 명인들의 명작들 중에서 단 한 번도 진정한 땀과 혼을 만날 수 없었는데, 누군지는 모르지만 자신의 모든 땀과 혼을 다 쏟아부어 엮어 낸 이 멋진 '옹기 굽는 사람들'을 그냥 지나칠 자신이 없어 내 마음의 진한 감동을 떼어 내 여기 무명의 그분께 살아 움직이는 점 하나로 찍어 남겨 놓기로 한다. 점 하나에 생명을 불어넣어 그분의 땀과 혼 곁에 같이하고자 하는 애틋한 마음일 것이다.

블로그와 나는…

세상은 참 재미있고 아름답다. 블로그 얘기다.

처음엔 어쩜 이런 데가 있을까 하고 신기하기만 했다. 특별한 사람들만 오는 곳인 줄 알기도 했다. 그게 벌써 10년 하고도 4개월 전…. 근데 그것도 블로그를 한번 완전 폐쇄했다가 다시 시작한 때가 그때였고 블로그를 그야말로 처음 시작한 때는 아마도 족히 20년은 넘었을 것이다. 그러니 그땐 얼마나 더 신기했을까. 그때부터 꾸준히 블로그 활동을 했다면 아마 지금쯤은 나라에서 몇 째 안 가는 유능한 블로거가 되어 있지 않았을까. ㅎㅎ 성당 냉담하듯, 운동 빼먹듯 그렇게 중간 펑크 또 펑크 내 가면서 겨우 끌고 온 결과가 지금의 요 모양이다. 요즘에 다시 시작이라고 하고 있는 모양새도 어째 불안불안하다.

헌데… 그때와는 한 가지 분명하게 다른 게 있다.

그때는 뭐에 쫓기는 거같이, 그걸 안 하면 안 되는 거같이 허둥지둥 시작했던 기억이 있지만 지금은 적어도 그런 성급함은 없는 거 같다. 그때는 나이만 젊었지 오히려 지금보다도 컴퓨터 지식도 부족했고 그걸 빨리 멋지게 꾸며서 나를 내보이고 싶은 어린 욕심이 마음을 조급하게 끌고

갔지만 지금은 급할 거 하나도 없이 그저 내 생각과 마음을 낙서 끄적이듯 풀어내면 된다는 느긋한 마음에 편해지는 걸 느끼게 된다. 그때같이 블로그가 그다지 신기하지도 않다.

애기가 길어졌지만 급할 거 없고 목표도 없으니 이젠 여유롭게 오래 블로그와 함께할 수 있지 않을까 싶다.

하긴 이번 시작도 언제까지 이어질지 모르겠지만 그래도 요번엔 그리 쉽게 접지는 않으리란 예감이 가슴을 채우고 있다. 남은 여생에 좋은 친구로 함께 동행할 수 있기를 소망해 본다.

음악은 묘약

　세상에 음악을 싫어하는 사람도 있을까. 다른 사람은 모르겠지만 내게 음악은 이제 절대적이다. 음악과 함께 있으면 이유가 없다. 그냥 좋다. 눈뜨고 있는 시간 거의 전부를 음악과 함께하려고 한다. 어떤 때는 잘 때도 음악을 초대하기도 한다. 편안한 잠을 이루기 위해서….

　장르도 거의 가리지 않는다. 음악에는 거의 잡식성인 셈이다. 내 휴대폰엔 2,000곡이 넘는 음악이 저장돼 있다. 정말 다양한 음악들이 늘 나를 위해 대기 중이다.

　베토벤의 〈운명교향곡〉이 있는가 하면,

　이미자의 〈동백아가씨〉도 있고,

　이문세의 〈광화문 연가〉가 있는가 하면,

　비제의 〈카르멘 투우사의 노래〉가 있고,

　엄정행의 〈그리운 금강산〉이 있는가 하면,

　끌로드 씨아리의 연주곡 〈첫발자욱〉이 있다.

　친구는 그걸 두고 음악에 대한 뚜렷한 주관이 없는 거 아니냐고 말하기도 하지만 아무러면 어떠랴. 음악에 웬 주관~ 듣고 좋은 걸 어쩌랴.

　모든 음악은 나름대로의 매력이 다 있는 것 같다. 그 매력 덕분에 음악은 내 감성을 조절해 주기도 하고 어떤 때는 내 감성이 음악을 조절하기도 한다. 그래서 음악은 이제 내겐 묘약이 되어 버렸다. 글을 쓸 때도 물론 음악과 동행할 때가 많다. 지금도 훌리오 이글레시아스의 〈Hey〉라는 노래를 들으면서 이 글을 쓰고 있다.

내 생활의 반은 음악이라 해도 과언이 아닐 것이다. 물론 음악이 내 반려자가 되기까지에는 타고난 풍부한 감성이 단단히 한몫했을 것이다.

한때는 〈첫발자욱〉, 〈외로운 양치기〉, 〈가을의 속삭임〉 같은 연주곡을 듣고 있으면 진한 눈물을 흘리기도 했다. 어떻게 이렇게 멋진 음악을 만들 수가 있을까 하는 감동에 절로 눈물이 흐르는 걸 어쩔 수 없었다. 음악을 들으면 흥겨워지기도 하고 우울해지기도 하고 기분이 좋아지기도 하니 음악을 어찌 묘약이라 하지 않을 수 있을까.

오늘도 내일도 남은 생에도 음악은 진솔하고도 정겨운 동반자가 되어 줄 것이다.

내 맘대로 안 되는 것들

세상에는 내 맘대로 안 되는 것들이 참 많다. 어쩌면 내 맘대로 되는 것보다 안 되는 것들이 더 많을지도 모른다.

내 맘대로 안 되는 것 중 가장 큰 것은 뭘까. 단연, 날씨다.

이건 이견의 여지가 없이 내 맘대로 안 되는 것 중 으뜸이리라. 시간 속도 조절, 세월 멈춤 등도 절대로 내 맘대로 할 수 없는 것들이다. 내가 모르는 일들도 결국 내 맘대로 안 되는 것들이다. 살다 보면 내 맘대로 안 되는 것투성이지만 그중에서도 좀 애매한 것은 바로 내 마음이 아닐까. 내 마음이라고 다 내 맘대로 될 거라고 믿고 있다가 이상한 사람이 되는 경우가 살다 보면 꽤 있다. 이런 경우는 대부분 애증에 관한 마음이 아닐까 싶다. 사랑하고 싫어지고 하는 것들, 정말 내 맘대로 안 된다. 내 맘대로 조절이 되질 않는다는 것이다. 사람 좋아지는 것도 내 맘대로 되는 게 아니고 사람 싫어지는 건 더더욱 내 맘대로 되는 게 아닌 거 같다.

단정을 내릴 수 있는 것은 아무것도 없지만 사랑에 관한 것들은 다른 사람이 끼어들 일이 아니므로 아마 스스로만이 답을 내릴 수 있을 것이다. 분명한 것은 사람의 감정,

특히 사랑과 미움에 관한 감정들이 내 맘대로 조절이 되지 않는다는 것은 세상을 살아 보니 어느 정도 터득을 할 수 있게 된다는 것이다. 아이러니하지만 맞는 말인 거 같다. 그런 감정들이 내가 맘먹는 대로 다 된다면 어떤 일들이 벌어질까…. 감당이 될까…. 여기에 절제와 인내가 필요한 이유가 있을 것이다. 절제와 인내가 상당 부분 마음을 조절해 줄 수 있기 때문이다.

정말 내 맘대로 안 되면 안 되는 것은 몸이 아파서 발가락 하나 꼼지락거리는 것조차 내 맘대로 안 되는 일일 것이다. 건강해야 할 분명한 이유가 있다. 헌데, 건강은 내 맘대로 손에 쥘 수 있는 것이던가. 어느 정도는 가능하겠지만….

세상에 내 맘대로 안 되는 것들을 일찍 포기하는 것도 삶에 도움이 될 것이다.

크리스마스의 추억

크리스마스!!

내가 어렸던 옛날 그 옛날에는 크리스마스라는 말만 들어도 왠지 괜히 설레고 들뜨고 싱숭생숭해져서 뭔가 좋은 일이 일어날 것만 같은 기분에 빠지곤 했다. 추석이나 설날에는 전혀 느끼지 못하는 묘한 분위기에 사로잡히곤 했던 것이다. 그렇다고 실제 그런 일들이 일어난 건 아니었다. 그냥 마음만 그러다가 아쉽게 넘어가곤 했던, 지금 생각하면 왜 그랬는지도 모를 그런 설렘에 가슴 두근거리던 크리스마스였다.

거리에는 크리스마스캐럴이 울려 퍼지고 쌍쌍이 아니면 떼로 몰려다니며 크리스마스라는 큰 파도에 휩쓸리고 싶어 배회하던 시절도 있었다. 그 시절에는 거리에서 크리스마스캐럴만 들어도 괜히 들뜨고 흥겹기만 했다. 아마 내나이 또래라면 남자나 여자나 별반 다르지 않게 크리스마스만 되면 연례행사처럼 그런 경험들을 해 보지 않았을까 싶다.

그랬던 크리스마스가 언제부터인지 별 감흥이나 설렘 없이 그냥 넘어가고 있다. 캐럴이 아직도 좋긴 하지만 이제는 들어도 예전 같은 설렘은 따라오지 않는다. 요즘 거리에선 정말 캐럴 송 한 번 제대로 듣기도 여간 힘든 게 아니다. 언젠가부터는 캐럴이 소음으로 규정돼서 듣고 싶어도 들을 수가 없는 안타까운 세태로 변하고 말았다. 왜 그랬을까. 크리스마스도 세월 따라 어쩔 수 없이 변할 수밖에 없었을 게다. 생각해 보면 이런 변화도 결국 세월에 밀려 퇴색하고 탈색되는 삶의 한 모습이 아닌가 싶어 씁쓸해지기도 한다. 딱히 크리스마스에 생각나는 것은 별로 없지만 그래도 또렷이 기억나는 게 하나 있긴 하다. 학창시절로 기억되는데 크리스마스이브에 김건철이라는 친구와 죽이 맞아 종로2가 관철동에 무작정 나갔다가 별 볼일 없다 보니 거기서부터 그 친구의 집이 있었던 신설동까지 걸어갔던 적이 있었다. 꽤 먼 거리였다. 마침 그날 밤엔 눈이 많이 내려서 멋진 화이트 크리스마스가 되고 있었다. 아마도 하얀 눈의 낭만이 그 먼 길을 걸어갈 용기를 만들어 줬던 것 같다. 내겐 그날 그 친구와의 눈길 동행이 거의 유일한 크리스마스 추억으로 남아 있는 셈이다. 솔직히 추억 같지도 않은 추억이다. 요즘 젊은이들은 어떤 모습으로 크리스마스 추억을 남길까.

수많은 크리스마스가 세월 속에 묻혀 가고 있어도 변치 않는 한 가지가 있다. 크리스마스캐럴이다. 크리스마스캐럴은 언제 들어도 좋고 슬금슬금 흥겨워지기 시작한다. 팻분, 빙 크로스비, 코니 프란시스…. 옛날 그 정겨운 목소리를 찾아 들으면 지금도 그냥 좋다. 설렘까지는 아니더라도 말이다. 그리고 또 하나. 성탄절이라는 말보다는 크리스마스가 한결 듣기도 좋고 분위기가 업되는 느낌을 갖게 해준다. 성탄절이라는 말은 종교를 연상시키기 때문일지도 모르겠다.

크리스마스도 이렇게 어렸을 때와 나이 든 지금의 감흥이 다른 모양이다.

그래도 내 가슴속에는 언제까지나 꼬옥 붙잡아 두고 싶은 설레는 크리스마스로 남아 있을 것 같다.

사랑의 유효기간

사랑에도 유효기간이란 게 정말 있을까. 사랑은 과연 뭘까.

여기저기에 실려 있는 사랑의 의미를 나열해 보면 사랑은 포용, 배려, 믿음, 헌신, 이해, 존중, 책임감….

더 있겠지만 대부분 이런 것들이다. 과연 사랑을 이렇게 규정지어 말할 수 있는 것일까. 사랑이란 건 뭐라고 표현할 수 없는 그 무엇이 아닐까.

이성에 눈뜨기 시작한 이후로 사랑을 한 번도 경험해 보지 못한 사람은 거의 없을 것이다. 그것도 한 번도 아니고 몇 번씩 경험해 본 사람들도 많으리라 사랑에 유효기간이 정말 있다면 그런 사람들은 몇 번씩이나 유효기간을 넘겨 봤을까.

어쨌든 내 생각에도 사랑의 유효기간은 있는 것 같다. 딱 잘라 얼마 동안이라고 말할 수는 없지만 있긴 있는 것 같다. 그렇게 생각하는 이유도 뭐라 말하긴 참 그렇다. 그냥 살아 보니까, 사랑을 해 보고 나니까 그런 게 있는 것 같다는 생각이 드는 것뿐이다.

결혼하고 20년, 30년 함께 산 부부들에게 지금도 사랑하느냐고 물어보면 열에 일곱, 여덟은 똑같은 대답을 듣게 된다고 한다.

"어유~ 사랑해서 사나요. 정으로 사는 거지…."

당신은 어떤가요. 나 또한 그 대답에 공감하기도 한다. 하지만 그 말은 진심은 아닌 것 같다 사랑은 이제 가슴속 가장 깊은 곳에 숨겨 놓고 살아온 정으로 사랑을 덮으며 살아간다는 말일 것이다. 말은 그렇게 하지만 무슨 일이 벌어지면 만사 제껴 놓고 물불 안 가리고 나서는 건 바로 남편이고 아내가 아닌가. 그러다가 정말 정으로도 덮어지지 않게 되면 결국 헤어질 생각까지 하게 되나 보다. 근데 이런 말도 있기는 하다.

"사랑하기에 헤어진다." "사랑해서 널 떠난다."

사랑…. 뭐가 뭔지 잘 모르겠다. 나이가 이렇게 됐어도 모를 수밖에 없는 게 사랑인가 보다.

이제 사랑에 유효기간이 있을까에 대한 결론을 내려 보자.

2009년 1월, 미국 코넬대 연구팀이 다양한 문화 집단에 속한 5,000명을 대상으로 조사한 결과 격정적인 사랑의 유효기간은 18~30개월인 것으로 밝혀졌다고 한다. 여기서 주목할 말은 '격정적인 사랑'이라는 말이다.

유추해 볼 때 격정적으로 그 정도 기간을 사랑하다가, 그

후 얼마 동안은 격정적이진 않지만 따뜻한 사랑을 하다가, 그마저도 시들해지면 정으로 살게 된다는 것인가 보다. 그렇다면 정이라는 것도 결국은 사랑이란 말이지 않는가.

에휴~ 모르겠다.

그러면 사랑의 종류별로 유효기간이 다르다는 것일까. 그도 역시 뭐라 단정 지을 수는 없으니 사랑 자체가 애매모호한 것이고 그 유효기간도 역시 애매모호한 것이리라.

그래서 사랑의 유효기간은 세상에 믿지 못할 것이 아닌가 싶다.

꼬부랑 나무

 어쩌다 길에서 보게 되는 꼬부랑 할머니를 떠올리게 하
는 너의 모습…. 살기 많이 힘들었니. 아님 지나는 사람들
앉아 쉬어 가라는 배려인 거니. 수많은 사람들이 너의 허

리에 올라타 보기도 하고 매달려 보기도 할 텐데 그때마다 그저 말없이 미소만 짓고 있는 너를 보면 아마도 힘들어서 꼬부라진 게 아니고 잠시 쉬어 가라는 배려일 거라는 생각이 들어 따뜻한 미소를 짓게 되는구나.

그래 참 잘하는 거야. 어차피 한세상 살아가는 건데 너든 나든 우리 앞날은 아무도 모르는 거잖니. 그냥 마음 편하게 살자. 배려는 남들에게도 편안함을 베풀지만 먼저 내 마음이 편안하거든 그렇지 않니.

산에서도 거리에서도 어디에서든 배려가 살아 숨 쉬는 기분 좋은 세상을 만날 수 있음 좋겠어. 진심이야…. 얼마나 아름다운 모습이겠니…. 분쟁이 일어날 리 없고 서로가 존중받는다는 마음으로 살 수 있으니 얼마나 좋은 일일까.

너의 배려하는 모습에 잠시 기분이 좋아졌단다.

변화… 필요 없어

성당 교우의 집에 기도하러 갔을 때 이 방을 보고 사진 한 장 허락을 받고 이리로 가져왔다. 난 이 방을 보고는 정겨움, 반가움, 편안함, 익숙함… 이 모든 느낌을 한꺼번에 가슴과 머리에 끌어왔다. 아니 내가 끌려갔다는 것이 맞겠지.

나만 그럴까…. 내가 이상한 걸까…. 소위 말하는 잡동사니는 이런 게 아닐까.

선풍기, 캐리어, 옷, 플라스틱 통, 쇼핑백, 뭔가를 담은 박스, 서랍장, 이불, 모자, 시장 카트, 전자레인지 등등….

전자레인지 위에는 뭐지? 그야말로 우리의 일상이 그대로 담겨 있다.

"아유 이제 이사 가셔야겠네요." 했더니 돌아오는 대답은 "안 가유."

이분 연세가 육십 대 후반이다. 대부분 변화를 꺼리는 세대일 것이다. 좋은 쪽으로의 변화도 수용하기 쉽지 않을 수 있다. 헌데 '안 가유'란 대답에 나 또한 두리뭉실한 공감을 던지고 있었다. 나이 많으신 분들 머릿속을 지배하고 있는 큰 생각 하나

'이제 살면 얼마나 살겠다고.'

그래서 변화를 받아들일 필요를 많이 못 찾는 것일 게다.

그래…. 이제 살면 얼마나 더 살겠다고…. 그냥 이렇게 살다 가는 거지. 체념한 듯 소극적인 생각 같지만 사실은 가장 현실적이고 가까운 생각인 것이다. 그리고 만약, 저런 살림들이 반듯하게 정렬이 되어 있다면 정겨움, 반가움, 편안함, 익숙함이란 느낌은 어림없을 것이다. 반듯하게 정렬이 되어 있을 필요도 없는 것들이다. 지금 저 상태가 조금도 불편하지 않고 가장 편한 것일 게다. 저게 불편해질 때에야 비로소 변화를 생각하게 될 것이다.

근데… 불편해질 때가 오긴 올까…. 나이 먹는다는 것은 그런 것이다. 그래서 세월이 무서운 것이다.

지금쯤

삶….

도대체 뭘까 부모님이 낳아서 안겨 준 삶이니 버릴 수 없어 그냥 가지고 가는 건가. 아님 내 운명에 맞춰 내 어깨에 짊어져진 삶이니 우물딱주물딱 내가 알아서 가지고 가는 건가. 그 어느 것이든 삶은 내 전부다.

그렇다면, 삶이 내 전부라면 그만한 가치가 있는 것 아닐까. 그냥 막연히 '삶…' 하면 철학자의 고뇌 정도로 가치를 따지겠지만 '내 삶'이 되면 술이 확 깨고 정신이 번쩍 드는 일이 아닐 수 없다.

그렇다. 세상 사람 모두가 다 '내 삶'과 함께 가고 있다.

잠시도 떨어질 틈이 없다. 내 삶이 바로 나인 것이다. 나를 천덕꾸러기 취급하면 내 삶을 버리는 것이고 나를 알뜰살뜰 챙기면 내 삶을 소중히 하는 것이다. 이왕이면 서로 사이좋게 가야 하지 않겠는가.

'나'는 내 몸, 건강이고 '내 삶'은 나와 관련된 모든 것이다.

그러니 내가 있어야 내 삶이 있고 내 삶이 있어야 내가 있을 수밖에 없다. 스스로 나를 아무렇게나 굴리는 사람은 내 삶이 잘될 리가 없고 내 삶을 소홀히 하는 사람은 내 존재가치를 찾을 수가 없을 것이다. 나이가 상관없는 일이다.

　너무 이르지도 늦지도 않았으니 우리도 지금쯤 '나'와 '내 삶'을 한 번쯤 제대로 챙겨 보는 건 어떨까. 다른 어떤 일보다도 중요하고 가치 있는 일일 테니까 말이다.

궁합

　궁합이란 말이 있다. 믿거나 말거나 상관없이 이미 우리 일상생활에 깊이 뿌리내리고 있는 것 같다. 남자와 여자 사이에 흔히 쓰이기는 하지만 동성 간에도 존재한다는 생각이 든다. 물론 동성애자들을 얘기하는 건 아니다. 여기서 얘기하려는 궁합은 이성 간에 존재하는 궁합이 아니라 사회생활 속에서 흔히 말하는 인간관계다.

　세상을 살아가다 보면 나하고는 잘 안 맞는 사람이 다른 사람과는 친하게 지내기도 하고 나랑 잘 맞는 사람이 다른 사람과는 별로 좋은 관계를 만들지 못하는 경우를 종종 보게 된다. 물론 성격 때문에도 그렇고, 기호 때문에도 그렇고, 처한 환경 탓도 있을 것이다. 당연히 생길 수 있는 일들이긴 하지만 어떻게 처신하느냐에 따라 자신의 입지가 편해지기도 하고 불편해지기도 한다. 차 한잔을 하든, 같이 일을 하든, 여행을 하든 서로 편하면 그런 사이도 궁합이 맞는 게 아닐까. 이성 동성을 떠나서 말이다.

　헌데,
　이렇게 서로 편할 수 있음은 알게 모르게 서로 양보하고 배려하고 이해를 해 주는 마음이 깔려 있기 때문이리라. 중요한 건 바로 그런 양보와 배려와 이해다. 세상에 완벽하게 맞는 상대가 어디 있겠는가. 결국 자신의 처신이 인간관계의 궁합을 만들어 내는 것이라고 본다.

궁합…. 생각해 보니 참 좋은 말인 듯싶다. 남자든 여자든 동성이든 이성이든 모든 관계는 궁합이 맞고 안 맞고의 차이인 것 같다. 아마도 맞춰서 사는 사람이야 말로 많은 사람에게 환영받는 사람이 되지 않을까…. 물론 쉽지는 않은 일이겠지만 말이다.

궁합을 다시 한번 생각해 보게 된다.

더위와 추위

본격적인 무더위가 시작될 모양이다. 4월부터 비가 참 자주도 내리더니 막상 6~7월 장마철엔 한두 번 내리는 듯 하다가는 이내 자취를 감춰 버리고 말았다. 그리고는 바로 기다렸다는 듯 30도를 훌쩍 넘어 버린 무더위….

누구나 살면서 '더위가 낫냐 추위가 낫냐' 하는 질문 같지도 않은 질문 앞에 서게 될 때가 있었으리라. 그것도 한 번도 아닌 몇 번씩…. 그때의 대답이 어땠는지 한번 기억 해 보자. 난 대답이 몇 번은 바뀐 거 같다.

어떤 때는 '그래도 겨울이 낫지 눈도 볼 수 있고. 추위는 옷을 껴입으면 되지만 더위는 옷을 다 벗어도 안 되잖아.'

또 어떤 때는 '에이 그래도 여름이 낫지. 땀은 좀 나지만 맘껏 다닐 수는 있잖아. 추우면 귀찮고 아무것도 할 수가 없어.'

그렇게 왔다 갔다 하다 또 어떤 때는 이것도 선택의 어 려움에 봉착하게 되니 '여름엔 겨울이 낫고 겨울엔 여름이 낫지.' 요렇게 기회주의적인 대답도 할 때가 있었다. 근데 솔직히 쉬운 질문은 아니었던 거 같다. 아마 사람마다 대 답이 다 다르기도 할 것이다. 그런데 바로 올해 난 확실한 선택을 하게 되었다. 겨울이 더 낫다고…. 이유는 땀이다.

도대체 이 땀, 더위에 흘리는 끈적대는 땀이 너무 싫어졌다. 그 땀을 사이에 두고 옷과 피부가 닿는 느낌이 너무 싫은 것이다. 그 이유 하나로도 이젠 여름이 더 싫다고 말할 수 있을 거 같다. 이제 무더위가 시작인데 다른 즐거움을 몇 개는 개발해 놔야 땀으로 질척댈 더위를 견딜 수 있으리라.

아마도 겨울이 더 낫다는 저 대답은 언제 또 바뀌게 될지 아무도 모른다.

왜냐하면 바뀌어도 사는 데 별 지장 없는 일이니까 말이다.

이유도 참….

걸리지 말자

걸린다. 참 많이 걸린다. 일생을 살면서 무수히도 많이 걸린다.

줄에 걸려 넘어진다.

턱에 걸려 넘어진다.

돌부리에 걸려 넘어진다.

뭔가 물체에 걸려 넘어진다.

계단에 걸려 넘어진다.

속임수에 걸려 넘어진다.

운명의 덫에 걸려 넘어진다.

헤일 수 없이 많은 병에 걸려 쓰러진다.

감기도 병이거늘 감기에는 또 얼마나 자주 걸리나.

우리만 걸려 넘어지나.

유선 청소기 쓸 때는 틈만 있으면 줄이 걸려 꼼짝 안 하고,

빨래 널 때는 이리저리 걸려서 떨어지는 옷걸이,

주차 후 그냥 좀 나가려면 차단기에 걸려 꼼짝 못 하고,

낚싯바늘에 걸려 파닥대는 고기들,

거대한 그물에 걸려 떼로 잡히는 바다 생물들도 그렇고,

거미줄에 걸려 옴짝달싹 못 하는 곤충들,

수렵꾼들이 놓은 덫에 걸려 생을 마감하는 산짐승,

사기꾼의 술수에 걸려 신세 망치는 풋내기들,

허들에 걸려 넘어지기도 하는 육상선수,

경찰 수사망에 걸려 잡혀 드는 범죄자들,

살짝 나쁜 짓하다 걸려서 망신당하는 비양심가들,

네트에 걸려 넘어가지 않는 배구공, 배드민턴공, 탁구공…,

자신의 옷 주머니에 걸리고,

갖가지 끈이나 줄에 걸려 낭패를 보기도 하고,

수초에 걸려 결국 끊어 내야 하는 낚싯줄,

교통신호에 걸려 건너지 못하는 차들,

발끝에 걸려 넘어가지 않는 줄넘기,

삼킨 음식이 목에 걸려 사경을 헤매기도 하고,

마감 시간에 걸려 접수 못 하는 황당함,

커트라인에 아슬아슬 걸려 떨어지는 응시생들,

바람에 걸려 나부끼는 깃발 휘장,

나뭇가지나 전깃줄에 걸려 휘둘리는 쓰레기들,

아홉수에 걸려 풀리지 않는 팔자,

그리고 코로나에 걸려 쓰러지는 온 세계 수많은 사람들….

무수히 많은 걸림들…. 아마 위에 나열한 것 이외에도 많고 많을 것이다. 어쩌면 인생 자체가 걸림의 연속인지도 모르겠다.

결국 조금이라도 더 편안하게 살려면 걸림을 잘 피해야

할 것 같다. 위에 쓰여진 것처럼 걸리는 건 하나같이 다 주체의 입장에서 보면 좋지 않은 일들이기 때문이다. 결론은 무조건 안 걸리는 게 잘 사는 길이다.

아하~~ 좋은 것도 있긴 있네.

열심히 일하는 직원들을 보며 입가가 귀에 걸리는 우리 사장님,

귀에 걸려 눈을 대신해 주는 안경,

카톨릭 가정마다 걸려있는 예수님 고상…,

요런 거 빼고는 걸리는 건 무조건 안 걸리는 게 상책인 우리네 삶인 듯하다.

조화

　빠알간 꽃 중 한가운데 우뚝 서 있는 저 나무…, 아니 저 나무가 우뚝 서 있는 주위에 빠알간 꽃들이 핀 건가.

　뭐 어쨌건…, 참 어울릴 거 같지 않은 공존인데 너무나 잘 어울리는 멋진 모습이다. 내 느낌엔, 따로 존재하지만 서로에게 꼭 필요한 존재인 듯싶다. 명자꽃과 이름 모를 저 나무는 절묘한 조화를 이루며 시선을 붙잡고 있다. 내 눈에만 그런가…. 한가운데 나무가 우뚝 서 있는 덕분에 꽃들의 나뉨이 조화를 이루고 있고 꽃들의 나뉨 덕분에 우뚝한 나무의 존재가 더 드러나 보인다. 아무튼 그냥 넘어가기 아까워 혼자 궁시렁을 던져 본다.

　진정한 조화란 저런 모습이 아닐까. 어울릴 것 같지 않으면서 서로의 존재로 인해 서로의 가치가 올라가고 서로를 더욱 필요로 하게 되는…. 마치 오케스트라의 연주를 보고 있으면 한 사람 한 사람이 자신의 역할을 충실하게 함으로써 자신도 빛나고 전체가 조화롭게 음악을 만들어 내는 것과 같을 것이다.

그래서 나는 TV로 오케스트라 연주를 자주 본다. 객석에서는 연주자 한 사람 한 사람의 모습을 제대로 보기 힘들지만 TV로는 한 사람 한 사람의 모습이 클로즈업되어 전체의 조화를 깨뜨리지 않으려 최선을 다하는 모습이 그대로 전달되어 특별한 감동을 맛볼 수가 있기 때문이다. 그 모습이 참으로 너무 좋다.

조화는 그렇듯 세상을 무리 없이 흘러가게 하는 원동력이라 할 것이다.

세월 2

세월….

참 답이 없는 말이다 막막하기도 하고 두렵기도 하고 내 소관이 아닌, 내가 맘대로 할 수 없는 특별한 존재라는 느낌이다. 시인이나 작가들이 가장 많이 사용하는 말 중에 하나이면서도 늘 두루뭉술 넘기는 게 세월이 아닌가 싶다. 이 세상에서 가장 무서운 게 무어냐고 물으면 난 망설임 없이 세월이라고 답할 것이다.

이유는 하나….

보이길 하나 대화가 되길 하나 그렇다고 쉬어 가는 여유라도 갖고 있나. 지나가면서 이 세상 모든 것들을 다 변하게 만드는 신과도 같은 능력을 소유하고 있으니 무섭다. 시간과는 일심동체다 도대체가 잠시도 쉬질 않는다. 시간이 모여 세월이 되면서 세월이 지나가는 자리에는 온전한 것이 없다.

사람은 검은 머리가 희어지고 주름이 깊게 패이고 꼬부라지고 약해지고 어벙해지고….

사물은 썩고 뒤틀어지고 녹슬고 깎이고….

그래도 세월 덕에 더 융성해지는 것도 있다. 나무가 그렇다.

수령이 천 년, 몇 백 년인 나무가 세상에 많을 것이다. 하지만 그것도 언젠가는 세월에 잡혀서 수명을 다하게 될 것이다. 그런데도 세월은 상처 하나 없이 여전히 승승장구하고 있다. 상처 난 세월을 본 적 있는가. 난 없다.

그런 세월을 이길 방법은 어디에도 없다. 다만 세월과 어깨를 나란히 할 묘책은 있을 것이다. 바로 세월에 순응하면서 삶을, 인생을 즐기면서 사는 것이다. 건강한 몸과 마음으로 나이에 맞는 모습으로 살아간다면 즐기는 삶을 살면서 멋도 장착할 수 있을 테니 말이다. 그럴 수 있다면 세월이 가든 말든 무슨 상관이랴. 살다 보면 세월이 어느새 이만큼 와 있겠지. 아마 세월이 시샘이라도 할지 모를 일이다.

말처럼 쉽지는 않겠지만 안 될 것도 없다. 결국 생각의 차이일 뿐이다.

세월의 노예가 되느냐, 아니면 세월의 친구가 되느냐는 생각하기에 달린 것이 아닐까.

세월아 게 섰거라.

바쁜 일도 없을 텐데 우리 같이 살아온 정분을 생각해서 한잔 나누면서 수다라도 떨어야 하지 않겠나. 이리 와서 잠시 쉬어 가세나.

세월이 좀먹나.

인생은 소풍

인생은 무엇일까.

한마디로 정의하라면 그게 과연 가능할까. 아마 수천, 수만 개의 대답이 나올지도 모를 일이다. 살면서 최소한 한 번 이상은 그런 질문이나 생각 앞에 마주 서 봤을 것이다. 물론 중년을 넘긴 세월을 걷고 있는 사람들에게나 실감 나는 얘기가 될 것이다. 이삼십 대 젊은이들에게 그걸 물었을 때는 '아유, 왜 이러세요.' 요 정도면 괜찮은 반응이 아닐까.

맞다. 그 질문에 한마디 이상이라도 대답을 하려면 적어도 사십 대, 아니 오십 대는 넘어야 나름대로의 인생을 얘기할 수 있지 않을까 싶다. 인생에 대한 수많은 관점이 있겠지만 한마디로 요약한 말 중 백미는 '인생은 소풍'이라는 말이 아닐까. 물론 내 개인적인 생각이긴 하지만 나이 먹을 만큼 먹은 지금 가만히 생각해 보면 소풍이란 말이 인생을 가장 함축적으로 잘 표현하고 있는 한마디가 아닐까 싶다. 누가 만들어 낸 말인지는 모르겠으나 아마도 천상병 시인의 〈귀천〉이라는 시를 완성하고 있는 한 시구 "아름다운 이 세상 소풍 끝내는 날"에서 착상하지 않았을까 생각된다.

아무튼 참 절묘한 어휘 선택이 아닌가. 소풍을 가면 여기저기 다니다가 돌아오듯이 한평생을 살면서도 이리저리 다니다가 결국에는 돌아간다는 것이 같은 모습이 아닌가.

무슨 여러 말들이 필요하겠는가. 소풍이 즐거웠는지 고달팠는지는 스스로의 결론이리라. 그걸 따지자는 것도 아니다. 그저 인생이 어땠느냐고 물으면 소풍이었다고 말하고 싶을 것 같을 뿐이다.

인생은 소풍…, 참 멋지고 정감 있는 말이 아닌가.

욕심이 없어서 좋다

이젠 욕심이 안 생긴다.

나이가 들어 살날이 줄어들수록 가장 좋은 건 바로 그거더라.

욕심에 휘둘리지 않는다.

잠깐씩 욕심이 생기려고 팔딱거리다가도 금방 제어가 된다.

그게 얼마나 편한 건 줄 겪어 봐야 안다.

살면서 늘 마음 편한 게 최고라고 생각하고 그렇게 알았다.

그러면서도 욕심을 버리지 못하면 마음이 편치 못하다.

결국 욕심대로 되지도 않으면서

마음고생하고 타인과 갈등하고 결과 때문에 속상하고….

헌데 젊었을 땐 그런 욕심도 없었다면 무슨 의미로 살았을까.

욕심이라고 다 나쁜 것만 있는 건 아니니까….

어쨌든 좋은 욕심이든 나쁜 욕심이든 생기질 않으니 좋다.

솔직히 말하면 욕심부려 봤자 욕심대로 되지도 않거니와

욕심을 채울 능력도 안 될 것을 뻔히 아니까

욕심도 분수를 알고 몸사리는 것이리라.

그래도… 그렇더라도…

딱 한 가지 욕심이 남긴 남았다.

오래전부터 마음에 품고 있던 욕심이다.

이것도 욕심이라고 말하는 게 맞을지는 모르겠지만.

나는 욕심이라고 말하고 싶다.

책…, 바로 책이다.

내 이름으로 책 한 권 내고 싶다는 욕심….

어찌 보면 작은 욕심이지만

지금의 내겐 결코 작지 않은, 온 마음을 쏟아야 하는 내 삶에 마지막 욕심이 될 것이리라.

그래서 꼭 이루고 싶다.

30, 40년 전부터 틈틈이 써 왔던 시들이

이제 세상에 나가고 싶어 한다.

아니, 내가 세상에 내보내고 싶다.

남길 수 있는 게 그것밖에 없을 것 같아 욕심을 내보고 싶다.

그것 말고는 안 아프고 싶은 욕심도 있겠지만

그건 내 맘대로 되는 게 아니니 요즘은 그 욕심도 내보 내고 있다.

마음 편하게 살고 싶은 건 욕심이 아니고 소망일 뿐이다.

욕심 없는 삶…,

많은 것이 달라질 것 같다.

이게 행복이지 뭐

© 조재형, 2024

초판 1쇄 발행 2024년 2월 20일

|---|---|
지은이	조재형
펴낸이	이기봉
편집	좋은땅 편집팀
펴낸곳	도서출판 좋은땅
주소	서울특별시 마포구 양화로12길 26 지월드빌딩 (서교동 395-7)
전화	02)374-8616~7
팩스	02)374-8614
이메일	gworldbook@naver.com
홈페이지	www.g-world.co.kr

ISBN   979-11-388-2770-6 (03810)

- 가격은 뒤표지에 있습니다.
- 이 책은 저작권법에 의하여 보호를 받는 저작물이므로 무단 전재와 복제를 금합니다.
- 파본은 구입하신 서점에서 교환해 드립니다.